21世纪文学之星丛书 2021年卷

中短篇小说集

天 鹅 湖

唐嘉璐⊙著

作家出版社

作者简介：

唐嘉璐，1992 年 12 月生，新疆作家协会
会员，现居新疆石河子市，2014 年毕业于
西南民族大学法学院，现就职于新疆公安
厅交警总队高等级公路支队。发表作品有
《天鹅湖》《半月湾》《人鱼之歌》等短篇
小说，写作手法不拘一格，善于将现实融
入幻想之中，创造带有奇幻色彩的故事，
从而带给读者更加独特的体验。

目录

总　序

袁　鹰

　　中国现代文学发轫于本世纪初叶，同我们多灾多难的民族共命运，在内忧外患，雷电风霜，刀兵血火中写下完全不同于过去的崭新篇章。现代文学继承了具有五千年文明的民族悠长丰厚的文学遗产，顺乎 20 世纪的历史潮流和时代需要，以全新的生命，全新的内涵和全新的文体（无论是小说、散文、诗歌、剧本以至评论）建立起全新的文学。将近一百年来，经由几代作家挥洒心血，胼手胝足，前赴后继，披荆斩棘，以艰难的实践辛勤浇灌、耕耘、开拓、奉献，文学的万里苍穹中繁星熠熠，云蒸霞蔚，名家辈出，佳作如潮，构成前所未有的世纪辉煌，并且跻身于世界文学之林。80 年代以来，以改革开放为主要标志的历史新时期，推动文学又一次春潮汹涌，骏马奔腾。一大批中青年作家以自己色彩斑斓的新作，为 20 世纪的中国文学画廊最后增添了浓笔重彩的画卷。当此即将告别本世纪跨入新世纪之时，回首百年，不免五味杂陈，万感交集，却也从内心涌起一阵阵欣喜和自豪。我们的文学事业在历经风雨坎坷之后，终于进入呈露无限生机、无穷希望的天地，尽管它的前途未必全是铺满鲜花的康庄大道。

　　绿茵茵的新苗破土而出，带着满身朝露的新人崭露头角，自然是我们希冀而且高兴的景象。然而，我们也看到，由于种种未曾预料而且主要并非来自作者本身的因由，还有为数不少的年轻作者不一定都有顺利地脱颖而出的机缘。其中一个重要的原因，乃是为出书艰难所阻滞。出版渠道不顺，文化市场不善，使他们失去许多机遇。尽管他们发表过引人注目的作品，有的还获了奖，显示了自己的文学才能和创作潜力，却仍然无缘出第一本书。也许这是市场经济发展和体制转换期中不可避免的暂时缺陷，却也不能不对文学事业的健康发展产生一定程度的消极影响，因而也不能不使许多关怀文学的有志之士为之扼腕叹息，焦虑不安。固然，出第一本书时间的迟早，对一位青年作家的成长不会也不应该成为关键的或决定性的一步，大器晚成的现象也屡见不鲜，但是我们为什么不在力所能及的范围内尽力及早地跨过这一步呢？

于是，遂有这套"21世纪文学之星丛书"的设想和举措。

中华文学基金会有志于发展文学事业、为青年作者服务，已有多时。如今幸有热心人士赞助，得以圆了这个梦。瞻望21世纪，漫漫长途，上下求索，路还得一步一步地走。"21世纪文学之星丛书"，也许可以看作是文学上的"希望工程"。但它与教育方面的"希望工程"有所不同，它不是扶贫济困，也并非照顾"老少边穷"地区，而是着眼于为取得优异成绩的青年文学作者搭桥铺路，有助于他们顺利前行，在未来的岁月中写出更多的好作品，我们想起本世纪20年代和30年代期间，鲁迅先生先后编印《未名丛刊》和"奴隶丛书"，扶携一些青年小说家和翻译家登上文坛；巴金先生主持的《文学丛刊》，更是不间断地连续出了一百余本，其中相当一部分是当时青年作家的处女作，而他们在其后数十年中都成为文学大军中的中坚人物；茅盾、叶圣陶等先生，都曾为青年作者的出现和成长花费心血，不遗余力。前辈

2

们关怀培育文坛新人为促进现代文学的繁荣所作出的业绩，是永远不能抹煞的。当年得到过他们雨露恩泽的后辈作家，直到鬓发苍苍，还深深铭记着难忘的隆情厚谊。六十年后，我们今天依然以他们为光辉的楷模，努力遵循他们的脚印往前走去。

开始为丛书定名的时候，我们再三斟酌过。我们明确地认识到这项文学事业的"希望工程"是属于未来世纪的。它也许还显稚嫩，却是前程无限。但是不是称之为"文学之星"，且是"21世纪文学之星"？不免有些踌躇。近些年来，明星太多太滥，影星、歌星、舞星、球星、棋星……无一不可称星。星光闪烁，五彩缤纷，变幻莫测，目不暇接。星空中自然不乏真星，任凭风翻云卷，光芒依旧；但也有为时不久，便黯然失色，一闪即逝，或许原本就不是星，硬是被捧起来、炒出来的。在人们心目中，明星渐渐跌价，以至成为嘲讽调侃的对象。我们这项严肃认真的事业是否还要挤进繁杂的星空去占一席之地？或者，这一批青年作家，他们真能成为名副其实的星吗？

当我们陆续读完一大批由各地作协及其他方面推荐的新人作品，反复阅读、酝酿、评议、争论，最后从中慎重遴选出丛书入选作品之后，忐忑的心终于为欣喜慰藉之情所取代，油然浮起轻快愉悦之感。"他们真能成为名副其实的星吗？"能的！我们可以肯定地、并不夸张地回答：这些作者，尽管有的目前还处在走向成熟的阶段，但他们完全可以接受文学之星的称号而无愧色。他们有的来自市井，有的来自乡村，有的来自边陲山野，有的来自城市底层。他们的笔下，荡漾着多姿多彩、云谲波诡的现实浪潮，涌动着新时期芸芸众生的喜怒哀伤，也流淌着作者自己的心灵悸动、幻梦、烦恼和憧憬。他们都不曾出过书，但是他们的生活底蕴、文学才华和写作功力，可以媲美当年"奴隶丛书"的年轻小说家和《文学丛刊》的不少青年作者，更未必在当今某些已经出书成名甚至出了不止一本两本的作者以下。

是的，他们是文学之星。这一批青年作家，同当代不少杰出的青年作家一样，都可能成为21世纪文学的启明星，升起在世纪之初。启明星，也就是金星，黎明之前在东方天空出现时，人们称它为启明星，黄昏时候在西方天空出现时，人们称它为长庚星。两者都是好名字。世人对遥远的天体赋予美好的传说，寄托绮思遐想，但对现实中的星，却是完全可以预期洞见的。本丛书将一年一套地出下去，十年二十年三十年五十年之后，一批又一批、一代又一代作家如长江潮涌，奔流不息。其中出现赶上并且超过前人的文学巨星，不也是必然的吗？

岁月悠悠，银河灿灿。仰望星空，心绪难平！

1994年初秋

序

开阔地带的开阔写作

——唐嘉璐小说集《天鹅湖》代序

邱华栋

唐嘉璐对于我来说是一个陌生的名字。在这次"21 世纪文学之星丛书"的评审过程中，她的这本《天鹅湖》跳脱出来，带给了我很大的惊喜。等到投票结果最后出来，她入选了这套久负盛名的、给青年作家以很大推动力的丛书，我也感到很高兴。因为今年的竞争十分激烈，能够入选，十分不易。按照惯例，要评委们选择给入选作家写序言，我重点看的都是小说集，那我只好当仁不让，来给唐嘉璐写这篇序言了。

先说说对她的这本小说集的观感。我是当了很多年的文学编辑的人，对一个作家有才华没才华，一看稿子就多少能感觉出来。记得原先在杂志社，讨论新一期的稿子，讨论一些作家的近作，我们会用北京话说："这一期有嘛没嘛？这个作家有嘛没嘛？"当班的编辑说："哎哟，当然有嘛啦。"于是顿时就心宽一点了。这个"嘛"字的发音是二声，向上走。"嘛"，就是绝活，就是特色，就是和别人不一样让人眼前一亮的东西。所以，一个作家"有嘛"还是"没嘛"，这一点很重要。这是第一判断，是我当编辑看稿子时的第一感觉。当初我拿到《天鹅湖》的打印件，也不熟悉作者，就一篇篇看下来，渐渐就欣喜起来。总的观感就是，29 岁的唐嘉璐这个写作者"有嘛"，有让人眼前一亮的东西——她能够在写作这条十分艰难的道路上继续走下去。

在《天鹅湖》这部小说集里收录的九篇小说，题材上呈现出一种十分开阔的面貌，这使她的小说写作呈现了多种可能性，而且，她对不同题材的把握和呈现都很娴熟，显示了很强的叙述掌控能力，这使她具有了未来走向更为开阔的地带、写出更加宽广的小说的可能性。

从题材上来说，这本小说集既有边疆民族题材的作品，也有古代历史题材的作品，还有当下现实生活的观照和挖掘，更有带有幻想性的写作。因此，她呈现出多个面向，这一点对于一个青年作家来说十分重要。我也能想见，唐嘉璐就是在这样的多种题材、多个叙述方式的摸索中，努力寻找着自己的写作方向，努力呈现着写作的可能性，同时，这种多种题材的尝试，也让她对写作保有了浓厚兴趣和巨大的热情，最终，使《天鹅湖》这本小说集看上去就像是一个小小的万花筒，我们随便读哪一篇，都能带来不同的审美感受，获得不一样的阅读经验。

比如，她的《天鹅湖》的开头一段，对很多读者来说，就会具有异域文化的陌生化效果：

> 格罗夫高举着榔头，一下又一下击向地面。夕阳在他粗犷的脸上镀了一层血光，拉长的影子如寒风呼啸过的幽暗森林，张牙舞爪。
>
> 艾沙站在两扇高耸的红色铁门中央，脸上的血色褪得干干净净，嘴唇颤抖着，就像两羽易碎的蜻蜓翅膀。她目不转睛地盯着那榔头与地面之间已经血肉模糊的一团毛球，身体随着沉闷黏稠的响声一点点滑落。直到一只滚烫的大手钳住她的胳膊，将她拽进存放柴火的

小库房。

这样具有强烈画面感，带有声音、颜色、时间、空间和人物共同作用的小说开头，非常有力度，准确而生动，会使我们情不自禁看下去。一篇小说的开头，往往就是邀约，就是提示，就是一扇窗户，这样的开头，一下子就能抓住我们好奇的心，让我们读下去。至于这篇小说写了什么，格罗夫拿着榔头砸的是什么，读者还是自己读下去获得答案吧。我在这里再引一下她这篇小说的最后一句：

艾沙回头，最后望了一眼巴拉顿湖寂静的湖面，夜空就像漆黑的眼睛与她对望。一只黑鸟从星空滑过，一身斑斓的星光，啼鸣悠长。

这样的结尾，是不是声音、动作、画面和心理活动完美地融合在一起，带给了我们新鲜而异样的感受呢？

我们再来看她的《半月湾》的开头：

伊本·阿卜杜勒·纳赛尔，花白的胡子盘成了一只羊角辫，身穿米白色波浪花纹的大褂，坐在一张中世纪风格的沙发上晒太阳。以他的年纪来说，能多晒一天太阳就是奇迹，再多看一眼季节的变换，噢天啊，这简直就是真主安拉的赏赐！

因为九十二岁，是一个令人惊叹的年纪。

《半月湾》是一篇异域题材的小说，这样的开头，让我想到了《一千零一夜》的叙述风格，小说带有现实故事情节之下的寓言性，对人生的广阔理解和智慧性的表达，是这篇小说的着力点，不由得使我想到，在唐嘉璐所生活的新疆北疆，那是一片十分开阔的地带，南来北往、东来西行的历史文化与现实经验交融在一起，都会成为她的写作资源。

这部小说集中占有最大篇幅的，是唐嘉璐的一些现实题材的作品，比如像《向阳之花》，写的是一个人的成长。叙述者是一位男警察，与唐嘉璐的职业相同，但性别相反，所以，这篇小说在表现男警察的心理活动和性格特征上，能看到唐嘉璐把握人物塑造和心理深度的能力。其他的几个短篇小说，《红玫瑰》《教书先生》《审判》也都从不同的侧面，书写了当下现实生活的丰富性和复杂性，呈现出人性的光谱。

唐嘉璐的这本小说集，还收录了几篇带有幻想性和拟人化书写动物的作品，这也让我感到惊奇。比如，《人鱼之歌》就是写了一只人鱼的故事，这只人鱼是一条不太合群的幼年人鱼，小说的叙述者就是这条人鱼。《给狼一个吻》，书写了狼族的故事，对狼族的人格化塑造，可能是作者对类型化的流行性文学样态的改造。这也能看出，作为一个九〇后作家，她处于一种什么样的全球化流行文化的影响中。《捕鱼记》以杰克讲故事的方式，让我们看到了类似极北地区的捕鱼生活景象，带给我们原初的神话原型故事的魅力。

所以，从作品题材的广阔度，想象力的飞腾和弥散，叙述的把握能力，语言的精确和力度，心理感受的深度表达等几方面来看，唐嘉璐都是一位站在开阔地带的作家。正因为她的站位在开阔之处，她也必将走向更为开阔的写作空间，带给我们更多的惊喜。让我们瞩目于她的前行。

2022 年 10 月 18 日星期二

天鹅湖

1

格罗夫高举着榔头，一下又一下击向地面。夕阳在他粗犷的脸上镀了一层血光，拉长的影子如寒风呼啸过的幽暗森林，张牙舞爪。

艾沙站在两扇高耸的红色铁门中央，脸上的血色褪得干干净净，嘴唇颤抖着，就像两羽易碎的蜻蜓翅膀。她目不转睛地盯着那榔头与地面之间已经血肉模糊的一团毛球，身体随着沉闷黏稠的响声一点点滑落。直到一只滚烫的大手钳住她的胳膊，将她拽进存放柴火的小库房。

黑暗一瞬间淹没血光，艾沙的瞳孔一下放大，后知后觉地恢复已经中断了十几秒的呼吸。空气里是雨季的霉味和老妇身上发酸的气息。

"真要命，那不是你该看的！"

老妇挽起袖管，将一只装满花菜的竹筐塞进她怀里，丰满矮胖的身躯一侧，在狭窄的库房里让出一条路，指着通往房顶的木梯，"去吧！去把这些都晒上，冬天就指望这些花菜干来调剂油漉漉的肠胃了！"

艾沙瘦小的身体几乎掩埋在竹筐之下，她没有说话，麻木地走上楼梯，眼里满是过度惊吓后的茫然，还有空洞的黑色。

格罗夫，那个嗜血的猎人，杀了一只猫。

那只大黄猫前天还蹭着艾沙的小腿，喵喵叫着讨吃的，玻璃珠一样的圆眼睛灵活闪动，纤长的胡须碰到艾沙的脚脖子，痒痒的。艾沙偷偷倒了一小碟牛奶给它，看着它粉色的小舌头一卷一卷，卷走了所有牛奶，一滴不剩。

这一幕被格罗夫看到了。他是艾沙的继父，体型强壮得像个巨人。他站在院子的老榆树后面，面无表情地看着艾沙。不，不是面无表情，艾沙回头撞到他的时候，看见他堆着横纹的宽大脑门上，挤出了比平时更深的沟壑。

但她怎么也想不到，那样的表情便是一个猎人的杀念。

格罗夫在大黄猫第二次出现的时候，用手中正在砸煤块的榔头砸扁了它的脑袋，然后愤怒地，一下接一下，把它砸成了肉酱。

艾沙感觉脚下的楼梯在摇晃，怀里的竹筐越来越重，手腕像断了一般无力地垂落，竹筐砸在楼梯上，花菜滚了一地，老妇尖叫着跳了起来。

"你在做什么？！"那只大手再次揪住艾沙，把她从楼梯上拖下来，又强迫着按下去，"捡起来！捡完了就给我站在太阳底下，晒晒你那长霉的脑袋！"

老妇手上粗制的戒指卡住了艾沙的头发，大手离开的瞬间，艾沙头皮一阵刺痛，哇哇大叫起来。

嘈杂的声音终于引来了艾沙的母亲，阿黛尔焦急地提着裙摆跑过来，脸色和艾沙一样惨白，却因为剧烈运动泛起一层红晕，那淡淡的红色把她变得更加憨厚，眼里闪烁着恳求的光，"请放开我女儿，妈妈，她还太小，不懂事……"

老妇原本被艾沙突如其来的尖叫吓得不轻，现在又看见她这个只有张漂亮脸蛋、什么活都不会干的儿媳妇，蓦然蹿起一股怒火，"真是有其母必有其女！你们两个窝囊废，到底为什么搬进我们家？"

阿黛尔将女儿紧紧搂在怀里，一言不发。她那张略显丰腴的圆脸上几乎不见皱纹，碧色的眼睛和浅金色的头发，无一不是法国美女的特征，此刻低眉顺目的样子，更像是一只受到欺凌的小羊羔，瑟瑟发抖。

格罗夫掀开库房的门帘，高大的身躯就像死神遮住了阳光，他看了一眼抱在一起的母女俩，又将目光转向老妇。"你们在说什么？"嗓音冰冷又厚重，听得人心头一沉。

老妇呸了一声，兀自弯腰拾起地上的花菜，一边小声嘀咕着："十四岁了还不懂事，根本就是个弱智！这么明显的事实她老娘还不承认，也对，这世上有什么能比生了一个弱智女儿更加丢人的事？"

格罗夫侧过身，目光冷漠，"你们先出去。"

阿黛尔谁也不敢看，牵着艾沙跑了出去。艾沙回过头，看见格罗夫的手已经洗干净了，粗大的骨节上布满裂纹。那只榔头不见了，大黄猫死去的地方堆着沙子，没有半点腥臭。

格罗夫又低声说了句什么，声音很沉，在外面难以听清，老妇却高声道："你到底喜欢她什么？外面到处都是腰细屁股大的匈牙利女人，你为什么偏要带回来一只法国小绵羊？到底是你脑袋进水了，还是那女人用了什么巫术，吃了你的脑子？"

阿黛尔一手捂住耳朵，一手拉着艾沙拼命往家跑，直到跑进砖瓦堆砌的小平房。关上厚实的木门，阿黛尔就像得到解脱一般，捧住艾沙的脸，亲了一口。

艾沙还在想那只大黄猫，眼里的惊恐和悲伤渐渐变成绝望。她问："你为什么要嫁给他？"

女儿说话了，阿黛尔本该高兴，可她只能蹲下身，抚摸着艾沙的脸。她的裙摆铺在地上，一向热爱浪漫的法国女人此刻穿着粗线缝制的灰色布裙，就像衰败的花圃里最后一枝走向凋零的花。

"我们无处可去。"阿黛尔说，"他需要一个女人，而我们需要一个安身之处。"

"可他杀了一只猫！"艾沙抓住母亲的肩膀，用力摇晃，仿佛试图唤醒一个梦游之人。她难以想象，为什么母亲对这桩血腥的惨案置若罔闻？

阿黛尔叹了口气，站起身，"只是一只流浪猫而已，艾沙，格罗夫曾经是个猎人，连盘羊都打过，一只猫有什么奇怪的？"

艾沙惊恐地看着母亲，瞪圆了眼睛，阿黛尔只是拍拍她的脑袋，捞起围裙走进厨房。艾沙追进去，眼眶通红，阿黛尔只好皱起眉头，抱怨道："你不该给那只猫喂吃的，它今天又来，都是因为你，否则它不会死。"

艾沙怔住了，她觉得心脏被人用力掐了一把，呼吸困难。

阿黛尔揉了揉额头，道："回房间看书吧，那儿才是你该待的地方。"

2

艾沙患有轻度自闭症，在学校里受尽欺辱，实在没办法了才休学待在家里看书。

阿黛尔虽然深深爱着女儿，但有时候，尤其当她疲惫的时候，总会觉得艾沙是个累赘，家里的事不但帮不上忙，连开口说句话都十分困难。

尽管如此，当初她嫁给格罗夫，唯一的条件就是要他养活她的女儿。

阿黛尔对男人温柔，厨艺精良，属于匈牙利男人都倾慕的类型。格罗夫娶了她，在当地人眼中就是癞蛤蟆吃了天鹅肉，没人不眼红。

不过提起格罗夫的继女，男人们又连连摆手，觉得还是别给自家添个累赘。

格罗夫对此耿耿于怀，可阿黛尔就像一顶闪闪发亮的王冠，他不惜一切代价想戴上它。

格罗夫满脸横肉，无论发生任何事都面无表情，就算阿黛尔和他同居了大半年，也很难区分他的喜怒哀乐，更别提艾沙。小女孩对这个继父总是抱着畏惧和忌惮的心理，除了同桌吃饭，他们基本不见面，更不会说话。

格罗夫可以忍受阿黛尔拿钱给女儿买书，可以忍受艾沙一整天闭口不言，但绝不能忍受艾沙挥霍自己家的粮食去喂一只猫。为了杜绝这种情况再次发生，他当着艾沙的面打死了那只来讨食的大黄猫，向她展示这些畜生在人类手里应得的待遇。

他是个猎人，不是慈善家。

虽然自从匈牙利的狩猎法颁布之后，格罗夫因为没有通过考核而失去了狩猎资格，但他骨子里流着猎人的血，并以此为傲。

显然，阿黛尔也喜欢猎人的精壮体格。格罗夫很确定，因为她和他上床的时候总要求开灯，她看到他线条分明的胸腹肌，眼里总是流淌出渴望的神情。她一定在幻想他打猎的时候身姿多么矫健，她会在脑海里为他赤裸的身躯披上兽皮，甘愿变成被万兽之王压在身下的小绵羊。

不，不是绵羊，是天鹅。

格罗夫觉得只有自己的老妈才会把阿黛尔看作法国小绵羊。面前金发碧眼的美女，显然是巴拉顿湖上优雅洁白的天鹅，它们在求爱时翩翩起舞，一旦选定了对象就会追随一生。要不是阿黛尔的前夫去得早，格罗夫心想，自己绝对没机会得到这只天鹅的垂青。

"好了，睡吧。"一切结束之后，阿黛尔转过身，按灭了台灯。

格罗夫觉得她今天有点冷淡，也许是因为他母亲的刻薄话。于是他搂住她的细腰，用一贯听不出喜怒的声音说："这个家我说了算，别理那个老女人。"

阿黛尔说："我希望你别再当众折磨动物，这就是你拿不到狩猎证的原因，格罗夫。"

"狩猎证？难道我的血统需要一张破纸来承认？"他嗤笑一声，"我不想打马鹿和野猪，阿黛尔，我想猎奇，让你尝到普通人这辈子都吃不到的美味。"

阿黛尔像是被勾起了兴趣，转头凝视着他，格罗夫咬着她的耳朵说："我要给你打一只天鹅回来。"

月光伸出惨白的手，抚摸着床上的两人。阿黛尔的目光变幻莫测，那双碧绿色的大眼睛似乎被新奇的欲望填满，她静了静，还是摇头道："这是违法的。"

格罗夫冷声道："这是我爱你的证明。而且我的狩猎生涯告诉我，它需要一只天鹅来增加战绩。"

阿黛尔抚摸着他的胸膛，声音有些羞涩，"你如果能悄悄地做，不被发现，我倒是没什么意见。"

格罗夫哼了一声，扬起满是胡楂儿的下巴，阿黛尔近乎痴迷地吻住他。

一墙之隔，艾沙躺在床上，目光空洞地望着窗外。

这座房子的隔音效果并不好，但是艾沙不说话。阿黛尔永远不会知道女儿在隔壁能听见自己的娇笑。格罗夫虽然知道，但他并不在意艾沙的感受，在他眼里，那只是个消耗日用品和粮食的躯壳，魔鬼早已夺走她的灵魂。

艾沙也从不去想那对男女在做什么，她一旦专注于一件事，就很难听到别的动静。大多时候她专注于书里的世界，现在，她专注于窗台外面站着的那只猫。一只大黄猫，玻璃珠一样的圆眼睛直勾勾地盯着她，仿佛要勾走她的魂。

艾沙慢慢从床上坐起来，同样直勾勾地盯着那只大黄猫。她不知道自己为什么能在漆黑的夜里看清楚那只猫的颜色，她只是觉得这只猫和她喂过的那只猫很像，但那猫应该已经死在了格罗夫的榔头下，而不该站在这里和她对视。

夜空中忽然传来奇怪的叫声，像某种大型鸟类。大黄猫的耳朵飞快转动，它仰起头，又垂下头，利索地跳下了窗台。

艾沙立即爬下床，跑到窗边去看它。大黄猫回头望了她一眼，紧接着被一个黑影挡住了。那团黑影从天而降，像一只黑色的老鹰，落地后又蜷成一团，像个黑色的大皮球。

艾沙静静地盯着它，亲眼看着那团黑球膨胀，站立……没错，那黑影仿佛又变成了一个人，缓缓地站起身，大黄猫在人影的脚边转了一圈，喵喵叫，人影便弯下腰，摸了摸它的脑袋，然后将它抱了起来。

大黄猫竟然乖巧地卧在那人怀里，扭头看着艾沙。那人影动了一下，似乎做出一个侧身的动作，一同扭头望过来。艾沙惊恐地捂住嘴，却没迎来意料中的对视，因为那团黑影始终只是影子，黑黢黢的，没有五官。

当那团人影背后伸展出黑色的翅膀时，艾沙明白了，自己一定是在做梦。所以她平静下来，睁大眼睛看着那"人"飞起来，带走了大黄猫。

3

第二天一大早格罗夫就去鱼塘了。他目前在给一个养鱼的老板打杂，每月拿着微薄的薪水，私底下倒卖一些皮草挣钱。

鱼塘在巴拉顿湖延伸出的一片小湖里，湖边还有一座菜园子，菜园四周是大片大片的向日葵，这个季节，正是金灿灿的光景。

阿黛尔领着艾沙去湖边时，格罗夫正忙着把鱼装箱。他直起腰，看见远处走来一高一矮两个身影，阿黛尔靓丽的面庞让他浑身都充满干劲，仿佛又变回了二十岁的小伙子，可艾沙的脸，虽然和她母亲是一个模子里刻出来的，却看起来呆板木讷，让人心生厌恶。

格罗夫扔下手套，搂着阿黛尔亲了一口，然后冷冷地看一眼继女，"你送午饭带她来干什么？"

阿黛尔把饭盒从竹篮里拿出来，解释道："总把她闷在家里不太好。我看今天天气不错，让她来湖边看书吧，还能陪陪你。"

格罗夫道："我宁愿陪着箱子里的鱼。"

阿黛尔瞪了他一眼，并没真的生气，像是习惯了丈夫对女儿的态度，她紧接着笑了笑，推了艾沙一把："去那边的石头上休息吧，晒晒太阳。"

艾沙捧着书走开，等她离得远一些了，阿黛尔低声道："我考虑了一下，你还是打消那个念头吧。"

格罗夫道："你指什么？"

阿黛尔搂住他的脖子，凑到他耳边说："天鹅。难道你要冒着坐牢的风险去猎奇吗？这个家可不能没有你。"

格罗夫那双小而锐利的眼睛微微眯起，眺望遥远的巴拉顿湖面。秋季正是鸟类迁徙的季节，从俄罗斯北部到地中海，一部分候鸟的迁徙路线经过匈牙利的巴拉顿湖，天鹅也是其中之一。现在就有两三只天鹅在湖边觅食，洁白的身影恍若仙物。阿黛尔顺着他的视线望去，竟也被迷住了。

艾沙坐在湖边的石头上，也在看天鹅。她的脖子微微伸直，翠绿的眼瞳中倒映着天空和湖水，天鹅从倒影中游过，在湖边的石滩上起舞，婀娜的身姿钻进她的脑袋里，变成嬉笑的白衣少女。

一个声音突然在她耳边响起："你在看湖？"

艾沙一惊之下转过头，正对上少年清澈的眼眸。那是一双如夜空般深邃的黑眼睛，浓淡适宜的眉毛和俊挺的鼻梁如画家笔下别出心裁的作品。只一眼，艾沙觉得自己看见了如天鹅一般高贵优雅的人。只不过面前这只天鹅，是黑色的。

少年一头黑发，皮肤白皙健康，穿着黑色衬衣，身形修长，年龄与她相仿，迎上她的目光之后依旧十分从容。"你听说过吗？一片湖是风景中最美丽、最富有表情的姿容，它是大地的眼睛，望着它的人也可衡量出自身天性的深浅。湖边的树木是睫毛一样的镶边，而四周翁郁的群山则是它浓密突出的眉毛。"

艾沙缓缓回过神，眼珠微微一转："这句话出自梭罗的《瓦尔登湖》。"说完了，她才意识到自己居然开口接了一个陌生人的话，她惊奇又羞涩，长发遮掩下的耳朵瞬间变得通红，冒着丝丝热气。

"我就知道你一定读过！"少年绽开一个微笑，俯身瞧了瞧她手上的书，"我也喜欢读书，书中的世界安静、孤独、伟大，我喜欢在这样的海洋里游泳，赛过巴拉顿湖。"

艾沙一愣，猛地低下头，不敢再看他。少年好奇地蹲下身，仰头想要看她的表情。艾沙往一旁挪了挪，转过身，捧住书的手微微颤抖。她不知道该说什么，她怕他看出自己无所适从的样子，怕他和学校里那些人一样嘲笑她。索性不要接触，及时封闭自己，与这个人拉开距离。少年说："你很特别。"

艾沙心里咯噔一下，把头埋得更低。少年用温和的口吻继续道："你就像瓦尔登湖，有天鹅在湖心里游荡，你独享着它的美好，用群山遮蔽了我的视线，这不公平，我也想欣赏美景。"

艾沙被他动听的声音吸引了，而且这是头一回，她听见有人把她比作湖，而那湖清澈纯净，让她受宠若惊。她抬起头，看见少年期盼似的眼神，难以抵抗地对他开口道："谢谢，我并不是瓦尔登湖，也许……只是湖边的野鸭。"少年笑道："既然你不喜欢当湖，那就当湖心里的天鹅吧。你很漂亮。"

艾沙的脸蛋上浮出红彤彤的云霞，她小声道："我叫艾沙。"她担心自己再不报上名字，对方的比喻会越来越夸张，让她羞愧得无地自容。

少年的笑容狡黠起来，他道："你是第一个愿意告诉我名字的女士，为了报答你，你给我起个名字吧，什么都行，只要你喜欢。"

艾沙呆了呆，就是再怎么不与人交往，她也明白过来对方占了她的便宜。他得到了她的名字，却不愿说自己的，美其名曰"报答"，可艾沙绝对不相信自己会是第一个告诉他名字的女孩儿。

艾沙清秀的眉毛紧紧蹙起来，捧着书的手向上一抬，借着厚实的封面将少年拍开了。少年退了两步，脚下一滑，竟然跌坐进湖水里。水湿了他的衣，波光粼粼的湖面把他衬得更加白皙而单薄，艾沙忽然看见他的衣摆漂起来，就像一对翅膀。

"我可以……把那当作天鹅求爱的舞蹈吗？"水花溅在少年的面颊上，他整个人在阳光下闪闪发亮，干净得就像从湖水中长出来的一般。

艾沙气得浑身发抖，凶巴巴地瞪了他一眼，转身就跑。她踏上田埂，穿过金色的向日葵花海，与阿黛尔擦肩而过，像风一样。阿黛尔惊讶地抱紧小竹篮，回头望了一眼，并没有人在追自己的女儿，于是她大叫："慢一点，艾沙！"

艾沙的裙摆飞起来，金发在阳光中与盛放的向日葵融为一体。她的怒焰在风中消融，她感觉自己的身体越来越轻，仿佛有一双翅膀轻轻托住她，让她如天鹅一般轻盈地奔跑跳跃。她的心悸动着，被风吹散的怒焰中逐渐露出喜悦的嫩芽，并且以惊人的速度生长，在她身体里枝繁叶茂。

4

十月，又一批候鸟经过巴拉顿湖。艾沙从湖边回家的时候，日落西山，阿黛尔已经做好饭，在院子里来回踱步，看见女儿的瞬间她喜上眉梢，很快又控制住表情，板起脸来。

艾沙小心翼翼地推开院门，朝母亲笑了笑。这一笑，阿黛尔的心立刻融化了，她知道这段时间女儿天天去湖边看书，而且性格愈发明朗，就像在接受什么神秘的大自然疗法，以往阴翳沉默的影子几乎找不到了。

阿黛尔心想，早知如此，就该早点儿打发女儿去外面看书，而不是放任她把自己关在房间里。这不，才一个月的时间，人就明显变了。

艾沙并不知道母亲在想什么，她甚至连自己的变化都未曾察觉。她此刻满脑子都是湖面上成群游过的白天鹅，还有黑发少年清澈沉静的声音。今天他们一起在湖边散步，少年对她说，天鹅之所以经过这里，是因为这里有一座被称为"匈牙利海"的爱情之湖，巴拉顿湖。她头一次听说，天鹅是一种专情的动物，一生只认定一个伴侣。

"下次可别回来这么晚，我会担心死的！"阿黛尔打断她的思绪，将她推进屋里。

门"嘭"一声关上，母女俩吓了一跳。格罗夫走了进来，高大的身躯像一头熊，粗壮的手臂搭在门板上，浑身酒气。他并没有喝醉，是因为新换的工作把他染成这个味道。

格罗夫冷冷地盯着艾沙，艾沙迎上他的视线，后背一凉，拔腿想逃，格罗夫眼疾手快地捉住她，将她丢进阿黛尔怀中。"明天开始你跟我去酒厂干活！"他厚重的嗓音像打雷一样，沉沉地砸在艾沙心头。

艾沙的性格开朗了一些，却依旧不敢跟格罗夫讲话，她支吾着看向母亲，阿黛尔问："你这是什么意思？酒厂全是你们男人的活儿，我女儿去了干什么？"

"你说干什么？"接话的是格罗夫的老母亲，她矮胖的身躯从厨房里挤出来，皱成一条缝的小眼睛里满是怨愤，"格罗夫当初答应养你女儿，可没答应让她吃白饭！既然她现在能开口说话了，就早点儿去干活挣钱！"

阿黛尔一见老妇接话，顿时就明白这件事是谁在背后煽风点火。她瞪圆眼睛望向格罗夫，好像在质问他为什么不与她商量就在女儿面前放狠话。格罗夫一把夺走艾沙怀里抱着的书，书签还夹在头几页之间。格罗夫冷声道："抱着同一本书半个月，只看了五六页？"

艾沙一阵心惊，却又不知道自己在害怕什么。没错，她不该害怕，自从她和少年认识，格罗夫就换工作去了酒厂，根本不知道她每天去湖边干什么，就算他知道，这也是她的自由！

格罗夫发现小丫头的眼神竟然犀利起来，大有初生牛犊不怕虎的意思，顿时恼羞成怒，一把揪住艾沙的衣领，"别以为我不知道！你每天都偷一袋玉米和葵花子出门，是不是去喂那些该死的飞禽了？！"

阿黛尔惊叫着撕扯格罗夫，叫他放手。艾沙死死盯着格罗夫宽厚粗糙的脸盘，目光憎怒得仿佛要将他四分五裂。

"喵——"一声凄厉的猫叫贯穿耳膜，格罗夫的手一抖，竟然在她的注视下后退了两步，脑袋阵阵发晕。眼前女孩儿的脸有些发黄，长出细毛，瞳孔变成一条细线，又猛地扩大成两个黑洞，将他浑身体温都吸了进去。

"怪物！"格罗夫大叫着跳起来，转身抄起门后的猎枪。这下子不止阿黛尔拦他，连一旁看戏的老妇也扑过去，狠狠拍了一下格罗夫的脑袋，"你疯了吗？她可不是小野兔，你说打就打？！"

格罗夫甩了甩脑袋，定睛一看，艾沙依旧是金发碧眼的少女，哪里有什么猫脸怪物？难道是吸了酒厂的酒气，让他开始白日做梦？思绪还没稳定，"啪"地一个耳光，打得格罗夫偏过脸去。阿黛尔浑身颤抖，大颗大颗的泪珠子滚落下来，"你想杀了我女儿！你这个畜生！"

格罗夫自知犯了错，悻悻地把猎枪挂回去，却一声不吭，转头就上了餐桌开始吃饭。阿黛尔心有余悸，蹲下抱着女儿哭，艾沙却面不改色，盯着那把猎枪说："他没有狩猎证，不配拿枪。"

阿黛尔愣了一下，紧张地看了格罗夫一眼，生怕女儿再度惹祸上身，急忙把她推回卧室，又从餐桌上收拾了一盘饭菜送进卧室里，关上门，抚摸着艾沙年轻的脸。"上帝啊，他居然拿枪指着你，你不怕吗？"她说话都在颤抖。

艾沙摇摇头："格罗夫是懦夫，他只会虐杀动物。"

阿黛尔从没听她讲过如此激进的话，不由得怔住，好半天，才瑟瑟发抖地小声道："别再反抗他，他是这个家的主人，我们只能做令他高兴的事，你明白吗？"

艾沙望着母亲。那张温顺美丽的面庞，此刻在她眼里变得像个小丑。她猛地站起身，眼中翻滚着怒气，"我知道你崇拜他！你喜欢他残忍嗜血的样子，你夸奖他偷猎灰鹤、捕杀流浪狗！你把他的战利品端上饭桌，我从没吃过，你却津津乐道！"

阿黛尔皱了皱眉，眼里的优柔渐渐退去。艾沙忽然平静下来，眼睛一眨不眨地望着她，声音愤怒中掺杂着一丝讥讽："你一点儿都不像天鹅，妈妈。"

阿黛尔一愣，很快涨红了脸。她意识到女儿听见了格罗夫在床上说的情话，羞愧又生气，一把从衣架上拽下书包，扔在艾沙脚边，"你明天就回学校！去住宿舍，这个家不需要你！"

艾沙没再回一个字，只是冷冰冰地看着她。

5

阿黛尔的心太乱了，她害怕丈夫伤害女儿，又害怕老妇把艾沙送进工厂干活，她唯一能想到的办法就是让女儿回去读书。她知道艾沙一定能理解，因为她是她的女儿。

可复学手续没那么好办。学校知道艾沙的病史，想方设法推托不肯收她，阿黛尔便带着艾沙去小镇医院做精神鉴定，想让医生证明艾沙已经摆脱了轻度自闭症。然而鉴定结果出来，阿黛尔大吃一惊，艾沙依然是原来的艾沙，好像那个稍显开朗的女孩儿只是她的一场梦。

艾沙被带回家，看着母亲坐在床上哭，她抱起书，推门走了出去。

夕阳落在湛蓝的湖面上，变成数不清的星星，随波摇曳。天鹅从湖心游过来，艾沙屈膝坐在石头上，呆呆地望着湖水。

"太阳都快落山了才来看书？"身后响起少年的声音。这在艾沙意料之中。

她并不是来看书的，只是习惯性抱着书出门，自从他们认识，她的书签就没有移动过。艾沙转过头，眼睛里亮晶晶的。少年一惊，"你哭了？"

艾沙摇摇头，又点头，然后叹了口气，道："我和母亲被困住了，像家禽一样被关在笼子里。而且她爱上了那个关着她的屠夫，她活在屠夫的谎言里，以为自己是只天鹅。"

少年坐在她身边，湖面上倒映出他漆黑的影子。他说："你知道鸟类为什么要迁徙吗？"

艾沙不知道他为什么问这个，摇摇头，安静地听着他。

"因为环境在不断变化。"少年轻声道，"它们需要合适的温度，充足的食物，一个可以养育后代的地方。"

艾沙道："你在为我母亲说话。"

少年笑了笑，夕阳的余晖为他的笑容镀了一层金色，像清澈的湖面。"其实我是替一个朋友来找你的，他说你很善良，很特别。果然，我见到你的时候，情不自禁就想到了瓦尔登湖，那是一片纯净美丽的天堂。"

"一个朋友？"艾沙疑惑。

"他已经过世了。"少年道，"他希望你不要自责，这是个弱肉强食的世界，人类凌驾于所有物种之上，有权毁灭他们不希望看到的，剥夺他们想要得到的。"

艾沙一下想到了格罗夫，难以自持地愤怒起来。"不对！"她大叫一声，却不知该如何反驳他。

他们相处了一个月，无话不说，她以为他们应该有着共同的观点，欣赏同样的风景，憎恶同样的罪恶。可为什么在他口中，她所认为的罪恶变得名正言顺，仿佛是这个世界的真理？不，她不愿相信！

少年见她一言不发地起身往回走,急忙跟上去,脚步声就像石子在水面跳跃。"艾沙,别生气。"他诚恳道,"这个世界不是我们能改变的,你要学会接受它,顺着它的轨道前进!"

艾沙加快步子,迎着晚风大喊:"不,我不想变成我母亲那样的人!"她听见身后有翅膀扇动的声音,回头一看,湖面上的天鹅竟成群结队地跟在她身后,雪白的翅膀就如祥云。少年一把抓住她的手腕,眼里满是忧虑,"对不起,我不该说那些。"

少年的手心并没有想象中的温暖,甚至带着丝丝凉意。也许是在这儿等了她一整天,十月的寒气已经浸入他的身体。艾沙心软了,她转身,低垂着头。

晚霞很艳丽,就像少女颊边的红晕。

天鹅们又摇摇摆摆地走了回去,蓬松的羽毛沾在湖面上,像一艘艘白色的船,船头是它们纤长的脖颈。它们低头饮水,仰头鸣叫,声音听起来就像那晚从天而降的黑影。艾沙忽然想起来,那晚在梦里,她看见一只黑色的大鸟从天而降,带走了大黄猫。自从她来到巴拉顿湖,唯一认识的、已经过世的,只有那只猫。

少年随她一起望着湖面,晚风牵起他黑色的发丝,他平静地说:"曾经有两只天鹅死在这里。"

艾沙微微睁大眼睛,屏息聆听。

少年道:"天鹅们留在巴拉顿湖的时间并不长,但它们喜欢这里,并把这里当作圣域,不是为了追念死去的同伴,而是为了铭记它们的爱情。生命太短,随时会被上帝收回,我们已经失去了抗争的勇气。"少年转过头,眼睛在笑,艾沙却只能看到悲伤。

"那两只天鹅是伴侣,而这里是它们越冬的必经之地。"少年指着已经衰败的向日葵花田,轻声道,"农夫为了防止麻雀偷吃葵花子,在四周拉起防鸟网,而那两只天鹅夜间路过,不小心撞上去，直到天明才被人发现，一只死了，另一只奄奄一息。

"太阳升起的时候，农夫发现它们，慌乱又惊奇，他不明白为什么两只天鹅同时落难，却分别在网的两边。农夫的妻子很快猜到了答案，只有一只天鹅撞上了网，而另一只，是回来救它的。"

艾沙捂住嘴，眼睛有些湿润。远处湖面上交颈嬉戏的天鹅变成光与暗的剪影，它们的脖颈勾勒出对称的桃心，无论怎样游走，桃心都不曾分开。

少年的眼里映出整个天空与湖面，但他什么也没看，任由自己沉浸在回忆里。

艾沙看着他的眼睛，仿佛看到了一个风雨交织的夜晚，乌云蔽月，一只天鹅因为旅途劳顿飞得过低，一头撞上了粘网，而另一只天鹅发现自己的妻子被网缠住之后，毫不犹豫地俯冲下去，想要救她。大雨瓢泼，他们在泥里挣扎，网子却越缠越紧，他们发出悲鸣，羽毛被硬生生撕扯下来，血和泥混在一起。

闪电映出他纤长的脖颈，他紧紧钩住粘网，爪子被勒出一道道血痕，他奋力振翅，试图把这该死的网子从妻子身上剥离！她疼得尖叫，眼里满是泪水，她叫他放弃，叫他离开，他却更加猛烈地扇动翅膀，把自己也卷了进去。

6

阿黛尔握着手电筒找到艾沙时，艾沙躺在湖边，睡梦中，眼睛哭得通红。阿黛尔把她抱进怀里，亲吻她的额头，低声道："我们回去……"

艾沙迷迷糊糊地睁开眼，看见母亲，一把搂住她的脖子，浑身颤抖。阿黛尔心疼至极，一边抚摸她的头发一边道："我们回去，回以前的家，离开格罗夫。"

艾沙哽咽着点头，牵住母亲的手，一步步往回走。

也许再过五年或者十年，艾沙才能理解母亲为什么选择嫁给那个冷酷的猎户。但是她现在就能明白，母亲为什么要离开他。因为母亲是天鹅，格罗夫不是。

艾沙想起生父重病弥留之际，母亲抱着他痛哭，说这辈子再也不会嫁人，可后来，母亲背弃了誓言，从自由的天鹅变成任人宰割的羔羊，现在为了她，母亲又挣脱羊的躯壳，变回了一只天鹅。

月光映照下的湖面清冷而澄净，湖面上幽幽传来天鹅的叫声。阿黛尔回过头，看见一只黑色的大鸟在湖心的月亮上游荡，它张开翅膀，月光在它身上镀了一层银，风吹水动，草叶摩挲的响声中似乎传来一个年轻男孩儿的低语。

他说："谢谢，再见。"

阿黛尔猛然回忆起十五年前的那个黎明，她的前夫在葵花地里发现两只天鹅，一黑一白，一只垂死，另一只已经变得僵硬。那时的她年轻、善良，还没有褪去少女的纯真。她劝说丈夫埋葬了已死的天鹅，救下另外一只奄奄一息的黑天鹅。只是没过多久，黑天鹅因为思念伴侣，死在了巴拉顿湖边的石滩上。

阿黛尔收回思绪，摇了摇头。她竟以为那只黑天鹅回来了。

夜风吹乱了母女的发丝，艾沙接过电筒，替母亲照亮前方的路。阿黛尔看着艾沙在月光下依然清澈明亮的眼睛，怀念起曾经的自己。她不明白，自己是从什么时候迷失了方向，从一个热爱草木和生命的少女变成了现在这样，把那个看似能征服一切的男人当作榜样，把他的杀戮和冷血当作荣耀。这个世界好像乱套了。阿黛尔坐在床上想了许久，然后看到了格罗夫的猎枪。她把那支猎枪取下来，扔进了沿路过来的河道里。

"妈妈。"艾沙忽然开口。阿黛尔应了一声，摸了摸她柔软的头发。

"你知道鸟类为什么要迁徙吗？"艾沙问。阿黛尔柔声道："因为它们要生存，寻找温暖的地方。"

艾沙揉了揉发红的眼眶，轻笑道："对，而且它们喜欢旅行，因为每个地方都有动人的故事。"就像这个天鹅湖，那些美丽的白天鹅之所以会在这里停留，正是为了告诉恋人，我永远不会离你而去。

阿黛尔惊喜地看着女儿，那种开朗的感觉又回来了。她忍不住问："你在湖边读书，认识了什么朋友吗？"

艾沙渐渐停下脚步，转过身，用手电照了照空无一人的石滩。"没有。"艾沙想了想，坦诚道，"我总梦到一只黑鸟跟我说话，他告诉了我许多事，关于鸟类的迁徙、生存，还有爱情。"

"黑鸟……"阿黛尔又想到了那只黑天鹅。她一直没有告诉女儿，在那一黑一白两只天鹅坠落在葵花地里没多久，她便怀孕了。她的前夫说，巴拉顿湖有一个奇妙的传说，到了十九世纪末已经鲜为人知。

艾沙见母亲沉默，不禁抱紧了她的手臂。阿黛尔笑道："艾沙，传说中每个女孩儿都是天鹅的化身，她们天性纯洁善良，热爱生命，你就是我的小天鹅，沉默且纯粹。我总是期盼你的羽翼丰满，所以盲目地选择了一个不合适的男人，差点儿害了你。"

艾沙摇了摇头，想起黑鸟在梦中的言语。他说：生命太短，随时会被上帝收回，我们已经失去了抗争的勇气。她看见母亲憔悴却坚定的眼神，听见母亲为她而作的决定，她觉得自己终于找到了反驳他的话。生命太短，所以更要珍惜，这的确是个弱肉强食的世界，人站在金字塔的顶端，有权藐视一切，但那些藐视一切的人，终将会为自己的行为付出代价。

比如格罗夫，他永远得不到母亲了。

艾沙回头，最后望了一眼巴拉顿湖寂静的湖面，夜空就像漆黑的眼睛与她对望。一只黑鸟从星空中滑过，一身斑斓的星光，啼鸣悠长。

（发表于《西部》2016 年第 12 期）

半月湾

1

伊本·阿卜杜勒·纳赛尔，花白的胡子盘成一只羊角辫，身穿米白色波浪花纹的大褂，坐在一张中世纪风格的沙发上晒太阳。以他的年纪来说，能多晒一天太阳就是奇迹，再多看一眼季节的变换，噢天啊，这简直就是真主安拉的赏赐！

因为九十二岁，是一个令人惊叹的年纪。

伊本孤身一人，没什么牵挂，如果真主叫他现在就闭眼，他也不会有任何怨言，只是今天来探望他的小说家阿瑟恐怕要失望了。

对于这一点，伊本觉得还是勉强撑过今天吧，毕竟那个年轻的小说家在电话里是那么热血沸腾，就像年轻时候的他。

没错，像极了。

伊本缓缓靠在沙发柔软的靠背上，院子里的枣椰树像炸开花的孔雀尾巴，阳光从深绿色的针叶中穿过，落在他苍老的皱纹里，他闭上眼睛，想象面前站着一个熟悉却已久别的身影，那身影伸出食指，点在他的眉心上，然后笑着说："不要皱眉，当心长出一叠皱纹，就像只忧郁的沙皮狗！"

伊本跟着笑起来，抬起手，在面前抓了一下，却什么也没抓到。

他睁开眼睛，望着自己苍白枯瘦的手指，视线有些模糊。

树影摇晃，手心里钻过一阵温暖的风，就像那个人的体温。

他张开皱巴巴的嘴，想呼唤什么，声音却卡在喉咙里，许久都未出来。

院子的门"嘎吱嘎吱"的响了两声，伊本回过神，看见一个满头金发的年轻人站在院门外，有些局促地望着他。

伊本惊讶地直起身子，脸上的皱纹几乎要飞起来，直到那个年轻人开口道："纳赛尔先生，我是阿瑟，我们电话里约好的。"

伊本皱起眉头，眼神黯淡下来，"对，我记得你，进来吧，院子没上锁。"

他靠回沙发上，揉了揉眼睛。

真是老花眼了，那小伙子只不过有一头金发而已，他居然把他当成了那个人……真是老花眼了，像只视力不好又多愁善感的沙皮狗。

阿瑟推开栅栏，走进院子之后又转身小心翼翼地合上它，动作谨慎得好像那堆木头是什么值钱的古董。伊本看着他像海龟一样慢吞吞地挪动，不禁催促道："快点吧，年轻人，说不定下一秒我就断气了！"

"请别这么说！"阿瑟立即快步走过去，礼貌地鞠躬，然后坐在老人对面的棕色木椅上。

伊本·阿卜杜勒·纳赛尔是镇子里最年长的老人，阿瑟事先打听过，镇子里的年轻人都要尊称伊本一声"施赫"，意思是极具威望的长老，所以阿瑟不敢在老人面前有半分失礼，何况他是来向老人请教一本著作的。

"书带了吗？"伊本问他。

"带了，我只有几个小问题想请教您，我的小说需要它们。"

阿瑟从随身携带的帆布口袋里掏出一本厚重的硬皮书，是伊本亲笔著作的历史传记，名叫《穆萨王朝》，伊本写它时，用的笔名正是"穆萨"——书中那位国王的名字，而这本书也正是以国王的视角纵观历史，写得事无巨细，如同伊本亲自穿越了那段历史。

"我全部看完了，写得太棒了！"阿瑟由衷道。

伊本点了点头，等待面前的年轻人提问。

阿瑟先是用手抚摸过凹凸有致的烫金封面，才翻动书页，寻找夹着书签的那一章。

伊本仔细审视面前的年轻人，看见他金色的碎发搭在额头上，下垂的眼睫毛就像上好的鹅绒，嘴唇很薄但唇线锐利，衣着不算正式却也得体，修长的手指就如同那个人的，精瘦有力，一旦伸向天空，就会抓住清晨的阳光，午后的微风，傍晚的云霞，一切美好的事物……

"纳赛尔先生，纳赛尔先生？"

伊本眨了眨眼睛，看见那双手已经停在一页纸上，而阿瑟正用期待地眼神望着自己。

"说吧，什么问题？"伊本并没为自己的神游感到愧疚，这是老年人专享的待遇。

阿瑟清了清嗓子，身子往前挪了挪，指着书中一个名字说："这个人，艾哈迈德，是穆萨国王身边的侍从，可我查阅了这段历史，发现并没有这个叫作艾哈迈德的人，他是您塑造的人物吗？"

"不，历史可以忽略他，但他确实存在过。"伊本叹了口气，"别再问我有什么证据，你们不愿相信就算了……"

"不不，我相信您！当然相信！"阿瑟目光炯炯地望着他。

伊本有些意外，除了因为出版以后第一次听见有人毫无条件地信任自己，还因为这孩子的语气，哦，天啊，太令人怀念了……

伊本笑着摇摇头："艾哈迈德是国王身边的侍从，但他是个贪婪的小人，为了自己的利益，他陷害了一位宫廷乐师，在被揭穿之后，国王下令杀掉他，所以历史学家忽略了他，因为他的存在可有可无，无需费力考究。"

阿瑟认真听着，一边在小本子上做笔记。记完之后，他若有所思地点点头："没错，在您的书里，穆萨国王很欣赏那位宫廷乐师，如果有人陷害他，国王一定会大发雷霆！"

伊本开怀地笑了两声，以示赞同。

阿瑟继续说："可我不明白的第二个问题，就是这个乐师，历史上记载着他的巨作，却查不到他的背景。他不见了，毫无理由地出现，毫无理由地消失，但您书写得十分详细，除了他的由来和消失，您居然记载了他十二年的宫廷生活！"

伊本看着年轻人满脸兴奋和好奇地翻找那个乐师，不禁疑惑："你的小说打算写什么？关于那个乐师的故事吗？"

阿瑟抬起头："是的，历史难以查证的部分最容易下手，而您给了我素材，我想借此……"

"不行！"伊本忽然站起身，大声拒绝。

年事已高的身体悍然直立在阿瑟面前，把他吓了一跳。

伊本拿起沙发上的拐杖，气愤地朝房子走了两步，又回头朝阿瑟大喊："这里除了我，没人能写他！没人能比我更了解他！"

阿瑟目瞪口呆地坐在椅子里，直到老人走进房子，"嘭"一声把门关上，他还未回过神来。

难道阿拉道尔的老人都如此阴晴不定，就像大漠里变幻莫测的风沙？

阿瑟半晌才低下头，望着手里的书，一阵强烈的失落感涌上心头。

2

阿拉道尔是个干旱少雨的国家，尤其到了中午，太阳大得能让人像蛇一样蜕皮。

阿瑟昨晚才抵达这里，还未感受到阳光的毒辣，早上从纳赛尔先生的院子里出来，又直接回到旅馆，所以到了吃午饭时，他才发现自己身处炎热的亚热带国家，穿短袖上街根本是自虐行为。

在饭馆里要了当地的特色菜，阿瑟掏出手机，给远在美洲的姐姐发了条简讯，告诉她拜见纳赛尔先生失败的事情，然后一蹶不振地趴在桌子上，等饭吃。

热腾腾的饭菜端上来后，手机响了，姐姐回了一段话：

"亲爱的老弟，有名望的作家通常会偏执于书中的角色，禁止他人触碰，何况纳赛尔是《穆萨王朝》的作者，全世界都在发行他的著作！不过别灰心，听老姐的话，再去拜访他一次，会成功的！"

阿瑟握着手机，鼻子酸了一下。

尽管第一次来到离家这么远的地方，但只要有姐姐的鼓励，他觉得一切都可以尝试，一切都还有机会。

"年轻人，大饼要趁热吃！"

阿瑟正盯着屏幕感激涕零的时候，一个女人的声音从头顶传来，他抬头望了一眼，看见一位身穿黑裙的老妇人端着另一碗大饼从他身边经过。

阿瑟应了声，拿起一块形似枕头的面饼，咬了一口，热气从里面扑出来，香甜的气息顿时盈满口腔。

"味道真不错！"他含着饼子说。

老妇人笑眯眯地拿来一只罐头，放在他的碗边，"蘸蘸我自制的霍姆斯酱，保证你一辈子忘不了它！"

"谢、谢谢！"阿瑟有些受宠若惊。

"不用谢！"老妇人说，"你是来拜访施赫的，也算是替我们陪伴他，应当是我们感谢你！"

阿瑟不禁诧异："你怎么知道？"

老妇人笑道："这里没有外乡人，如果有，就一定是来拜访施赫的！"

她笑逐颜开地坐在阿瑟对面，替他拧开了罐头，继续说："施赫是我们镇子的恩人，他引领我的父母来到这里，在沙漠里建造绿洲，就像位全能的领袖，他的知识广袤无垠，他的宽容就像能包容一切的太阳！"

阿瑟点了点头，表情有些尴尬。

纳赛尔先生的确像太阳，只是没让他感受到宽容，而是被毫不留情地灼伤了。

老妇人看着他的眼睛，轻声道："他无妻无儿，一辈子孤单一人，脾气是有些大了，身为年轻人，小伙子，这点儿耐心你总得有啊！"

"他没有妻儿？"阿瑟惊讶道，"为什么？"

老妇人摇摇头："这个问题，曾经不止一个人问过他，但谁都没得到确切的答案，我只记得镇子里有过传闻，十分含糊，大概是因为他年轻时向谁许下了诺言，为了这个诺言，他甘愿孤零零地过一辈子……唉，他是个执着的人，要不然到了这个年纪，应当儿孙满堂，好好享福才是……"

说完，她拍了拍阿瑟的手："请好好陪伴他，不管你能留多久。"

千里迢迢来到阿拉道尔，阿瑟绝不会轻言放弃。

何况伊本·阿卜杜勒·纳赛尔是他最崇拜的作家，为了实现自己的愿望，他决定第二天再去拜访，即便得不到结果，他也愿意以晚辈的身份陪伴这位老人，听他讲述更为生动的历史。

但让人意外的是，阿瑟在第二天清晨来到伊本家门口时，正有一大群人围在狭窄的院门前，低声细语地议论着什么，可怜的老篱笆墙几乎被压断。

"不好意思，请问发生什么了吗？"阿瑟站在人群后面问。

一个人转过头，满脸沉重地说："施赫的身体出问题了。今早有人发现他晕倒在院子里，急忙叫来医生，现在他们正在屋里诊断，愿真主保佑不是什么大问题。"

"愿真主保佑。"阿瑟胸口一紧，将手放在胸前，低声祈祷。

屋内突然传出暴躁的吼声，沙哑却又震耳欲聋："都给我出去！我身体很好，用不着去医院！你们是嫌我老了没用，占着地皮不干活吗？！"

随着吼声从屋内蹿出五六个人，有两个是医生，另外几个大概是伊本的学生。

伊本挂着拐杖出现在门口，看上去很精神，"还有谁想把我腾出去？说！"他挥舞拐杖，狠狠敲击地面，"我就算死也要死在自己床上，你们谁再劝我去住院，我先一拐杖敲烂他的脑袋！"

这就是那位能包容一切的太阳。

大家先是被吓呆了，接着又意识到施赫气色不错，吼声也很响亮，于是纷纷吐出口气，就像天真乖巧的孩子，仰起脸朝伊本笑道："真主保佑，施赫，早上好！"

伊本阴沉着脸，怒气降了许多："行了，都给我回去，挤成一团是想看我翘辫子吗？"

大家立即摇头，向伊本行了告别礼，飞快散开。

阿瑟还待在原地，做祷告的双手甚至没来得及放下。伊本一眼就看到他金灿灿的头发，就像秋季的麦穗一般耀眼。

阿瑟不太确定自己找对时间了，也许该等老人的心情好一点儿再来。

这么想着，正打算和人群一同撤退，老人忽然开口道："小说家，进来帮我个忙。"

阿瑟意外地眨了眨眼，回过头，看见伊本已经转身进了屋子，立即转惊为喜，三步并作两步跟了进去。

伊本的家很朴素，就像他这个人，干净整洁，一眼就能看到底，所有心情都写在脸上。也许是因为年纪大了，厌烦那些虚伪和谄媚，但阿瑟很喜欢这样的人，接触起来很轻松，即使自己曾被他凶巴巴地赶走。

伊本拄着拐杖走进卧室，干瘦的身躯略显佝偻，阿瑟跟在他身后，思考着如何就穆萨王朝的历史问题展开讨论，伊本忽然从床下抽出一个大包，拉开拉链，对阿瑟说："去把厨房里的油饼拿来，还有那两个铁制的圆壶，灌满水。"

阿瑟一头雾水，但还是照做了。

等他提着一包油饼和两个水壶回来时，看见伊本正吃力地将一个睡袋塞进大包，顿时有些紧张："您这是要干什么？"

伊本喘着粗气，羊角胡子在下巴上打颤："当然是离开这里，去我该去的地方！"

联想到刚才院子里的场景，阿瑟恍然："去住院？可是住院不需要睡袋……"

伊本咳嗽了一声，转头瞪向阿瑟，目光锐利如同老鹰："我的身体我自己知道！我活了这么久，是时候了，再不走就来不及了！"

阿瑟没听懂老人的意思，愣了一下之后，问："那您要去哪儿？"

伊本塞给他一张地图，转身继续收拾行囊，"你不是想知道那个乐师的故事吗？我答应你，只要你帮我到达半月湾的沙丘，我就告诉你真相！"

阿瑟从没来过阿拉道尔，更不知道半月湾是什么地方，打开地图细看之后，发现那是一片荒芜的沙漠，形状如同一弯月亮。

"恐怕这里没人会帮我，他们的施赫需要静养，绝不能走到贫瘠的沙丘里去，所以只有你，外地人，我需要你这样的帮手。"伊本说，"拿你们美洲佬的先进玩意儿看看，我该怎么去那儿？"

"可您看上去活力四射啊！"阿瑟笑了笑，心想著作家也需要度假放松一下了，随即掏出手机，打开卫星地图，"这里有班车开往莫索城，那是离半月湾最近的城市，接下来是沙漠地带，只能步行，大概有……一百公里！天啊，这也太远了吧！"

伊本气定神闲地拍了拍包裹："所以你需要一个睡袋，沙漠的夜晚寒风刺骨。"

3

直到班车停靠在莫索城，阿瑟还难以接受现实。

他只是个沉迷于小说创作的普通人，有幸联系到自己最崇拜的作家，满怀期待地来到阿拉道尔，在他的计划里，从没出现过帮助伊本离家出走、前往沙漠的片段，但现在，一切都在计划之外。

他扛着大包，提着油饼和水壶，跟在最崇拜的作家身后。

伊本的步子很快，几乎健步如飞，叫人难以想象他已有九十二岁高龄。阿瑟来不及察觉异样，因为他看到莫索城外一望无际的沙漠，精神受到了打击。

"走快点，年轻人！"伊本看上去很兴奋，沙漠里干燥的风将他花白的头发吹乱，他那绣着波浪花纹的大褂在尘沙中飞扬，仿佛要掀起一场蓄谋已久的风暴。

夜幕降临时，如伊本所说，白天里炽热的沙海骤然变成寒冷刺骨的冰窖，阿瑟费力点燃的火堆在一阵大风吹过之后，被沙土盖得只剩一丝火星。

他躺在睡袋里，睁大眼睛望着夜空，忽然感到渺小和沮丧。

沙漠处处是奇观，白昼里有连绵无尽的沙海，风吹过一次，便是一个全新的世界，根基不稳的骆驼刺翻滚起来，不知去往何方。黑夜里，漫天星河璀璨，斗转星移，每次睁眼，便能看到一个全新的宇宙，置身其中的人如尘埃一般，不知该飘往何处。

和眼前永恒的星辰相比，人类的生命多么短暂啊……

"我在传记里没提过那位乐师的名字，对吗？"伊本说。

阿瑟回过神，望向身边的老人："是的，其他史料里也没记载，就好像他虽然存在过，却没人能记得他。"

"是啊，没人会记得他了……"

伊本仰面躺着，眼里倒映着扑朔迷离的星河，也许是因为黑夜的缘故，他的头发变得不那么花白，仿佛浸染了一层黑色，眼角的皱纹也不那么清晰了。

阿瑟望着他的侧脸："那您知道他的名字吗？"

"当然知道！"伊本忽然跳了起来，赤脚踩在细碎的沙砾上，张开双臂，迎着夜空放声大喊，"伊本·阿卜杜勒·纳赛尔！这就是他的名字！"

阿瑟吓了一跳，起身去拉他，却发现自己抓住的手臂强壮结实，而眼前这个本该瘦削干枯的老人，赫然变成一个雄狮一般年轻矫健的男子，黑发随风飞扬，漆黑的眼眸融入星光，异常闪亮。

"纳赛尔先生！"阿瑟惊叫起来，向后退了一步。

男人回过头，神情冷漠又坚毅："我叫穆萨，阿拉道尔的国王。"

阿瑟惊恐地看着他，还没来得及开口，就听见身后响起一个低沉稳重的声音："愿意为您效力，我的国王。"

他转过头，漆黑的沙漠陡然变成鲜红的地毯，夜空变成拱形的吊顶，无数个身穿古西亚宫廷服饰的臣子站在四周，各色目光聚集在这里，这个半跪在国王面前的年轻男子身上，他金色的头发与白皙的皮肤在西亚人中就像个异类。

"我，伊本·阿卜杜勒·纳赛尔，愿意成为您的乐师，为您弹奏整个西亚无人能及的乐曲。"金发男人说。

阿瑟弯下腰，试图看清他的脸，可惜费了半天劲，一阵寒风吹过，眼前的男人如沙子一般消散在空气中，四周的臣民也一同消失了。

紧接着，黑暗中走出一个容颜苍老的男人，站定在国王面前，沉声道："名为乐师，实则是你的谋士，穆萨，你需要一个人替你守住理智——当你暴戾时，提醒你什么是仁慈；当你激愤时，告诉你什么是忍耐；当你贪婪时，教会你怜悯穷苦之人。"

国王神情冷漠，沉默了许久，终于开口道："我记住了，父王。"

又是一阵寒风，吹得人睁不开眼。

耳边忽然雷鸣滚滚，阿瑟抱住脑袋，努力向前方看去，无数匹黑色的战马如激流涌动，从大地尽头奔来，还未到眼前，纷纷一跃而起，一鼓作气冲入天际。

转瞬间，那个自称是伊本的宫廷乐师又出现在眼前，依然低头半跪，双手呈上敌国的军旗和一枚宝石戒指，声音依然低沉稳重："陛下，阿拉道尔不费一兵一卒，攻下敌国都城。"

阿瑟终于明白，一切异象不过是梦境。

这场梦不知从何时开始，所有一切，都按照纳赛尔先生的传记一幕幕上演——乐师其实是国王的谋士，靠无双的智计替他收服邻国，逐渐使阿拉道尔走向历史巅峰，但他从不领赏，除了国王和国王的亲信，没人知道他的功劳。

那枚宝石戒指，就是阿拉道尔征服的最后一个国家的国宝，颜色湛蓝，一尘不染，乐师说："愿您的未来如宝石般闪耀，不掺一丝杂质。"

国王欣喜之下说道："如你所愿，我会成为一个好国王！"

这句话，是承诺。

阿瑟记得，纳赛尔先生不止一次在书中提起这句话，因为到最后，国王违背了诺言，在阿拉道尔走向盛世的路上，他走向了堕落。

次日黎明，阿瑟在纳赛尔先生的摇晃中苏醒，他揉开被沙子糊住的眼睛，看见纳赛尔先生满脸皱纹，花白的头发有些凌乱，不觉间松了口气。

"收拾行囊，再不走就来不及了！"伊本严厉道。

阿瑟立即爬起来，一边打包一边笑道："纳赛尔先生，我昨晚梦见您返老还童了！梦见您变成了国王，而伊本·阿卜杜勒·纳赛尔却是一个乐师，他帮您征服阿拉道尔的每个角落，还向您进贡了一枚国宝戒指！"

伊本沉默了片刻，拿起拐杖，"这么看来，你是我的铁杆儿粉丝。"

两天走了近九十公里，神奇的是，伊本在执着地偏离指南针所指的方向后，发现了一处水源，阿瑟喜出望外，喝光了水壶里所有的水，又灌了满满两壶。

当天夜里在水泊边露宿，阿瑟借着夕阳的余温跳进水里洗了个澡，没想到伊本拖着一把老骨头也跳了进去，这可把阿瑟吓得够呛，刚想阻止，伊本立刻大吼大叫："凭什么！我发现的水源，只有你能洗吗？！"

阿瑟见他精气十足，便没再劝。

钻进睡袋以后，伊本依旧精力旺盛，絮絮叨叨说个没完，阿瑟终于察觉到反常，打断他道："纳赛尔先生，您真的九十二岁了吗？"

伊本气愤道："老人就没有洗澡和说话的权利了吗？"

阿瑟急忙闭嘴。

"当年我说开荒建城，多少人嘲笑我？而现在呢？镇子里的人安居乐业，过得快活自在，多少人感激我？"伊本一字一句地说着，混浊的眼里满是喜悦和坚定，"我做到了！我建造了一座乐园，我实现了我的诺言！"

阿瑟怕惹他生气，连声应和，等老人说够了，才转移话题道："纳赛尔先生，您说过只要我帮您，就告诉我关于乐师的故事，他的由来和失踪，到底是怎么回事呢？"

伊本翻了个身："急什么，等到了半月湾，该知道的你都会知道！"

阿瑟沉了口气，有些失望，只听老人压低嗓音，徐徐道："这片沙丘是有记忆的，它会向每一个虔诚来客倾诉隐藏在沙海里的秘密。这里，住着一个精灵，它会守护你，当你暴戾时，提醒你什么是仁慈；当你激愤时，告诉你什么是忍耐；当你贪婪时，教会你怜悯穷苦之人……"

"咦，纳赛尔先生，这是您书里的话吗？"

伊本答非所问道："一个人，如果得到太多，就容易失去自我，连重要的誓言都会轻易抛弃。"

阿瑟点了点头："就像穆萨国王，他的乐师帮他建立了鼎盛的王国，他却没能成为一个好国王，最后因为横征暴敛的恶政，被人民推翻，甚至被亲信出卖，将他装进麻袋丢下悬崖。唉，真是悲惨……"

沙漠的夜风难得柔和一回，慢慢拂动水波，水边的老人却变得无比沉寂。

伊本静默了半响，张了张嘴，嗓音有些沙哑："快睡吧，明天早点儿出发，要不就来不及了……"

4

今夜的沙漠安静至极，所以阿瑟睡得很轻，水边的碎石微微响动，立刻惊醒了他，他顺手拿起纳赛尔先生的拐杖，以防沙漠蛇靠近。

但当他看清水边的人影时，惊异之情溢于言表。

那是昨晚在梦中出现过的穆萨国王，他面朝湖泊，下巴微扬，看上去高傲又冷清，而他面前的湖泊，早已不似阿瑟之前看到的那一小片水域，而是一条蜿蜒的河道，水波潋滟，点缀着灿烂的星光。

阿瑟下意识回头寻找纳赛尔先生，发现他不见了，心中顿时清晰起来——这是梦，又一个关于穆萨王朝的梦，或是像纳赛尔先生说的，沙丘的记忆。

穆萨国王缓缓转过身，直视阿瑟的眼睛，说道："跟我来。"

像中了魔法一般，阿瑟控制不住自己的双脚，跟着国王一步步走向湖泊深处。湖水没有温度，走进湖底，依然可以呼吸，衣服和头发却随着水波摇曳，身体仿佛变成了水草，轻飘飘的。

国王抬起手，指向前方："看啊，那就是我的王国。"

阿瑟眯起眼睛，看见幽蓝的湖水中浮现出一条街道，看起来有些像纳赛尔先生居住的小镇，只是水中的人都穿着古西亚服饰，车水马龙，十分繁华。

"伊本对我忠心耿耿，他说过，我会成为一位伟大的帝王。"国王捂住自己的胸口，眼中充满悔恨和惋惜，"他相信我会引导阿拉道尔走向太平盛世，即便我已经堕落不堪，他也相信我能回头，选择光明的那条路。"

阿瑟回忆起昨晚的梦，明白国王所说的伊本，就是那个金色头发的乐师。在纳赛尔先生的书里，乐师为阿拉道尔奉献了半生，直到穆萨国王被推翻，他也跟着消失了，就如他出现时那样，悄无声息。

水波猛地摇晃，街道和房屋骤然沉入地底，幽蓝的湖水忽然变成红色，如火焰般翻腾。国王的步伐越来越快，阿瑟想跟上，却发现自己也在下沉，双脚陷在泥土中，无法动弹。

"我是个暴戾又贪婪的人！可伊本说，这些并不能掩盖我的才华！"国王大叫道，声音像极了纳赛尔先生发怒时的吼声，"我很执着，为了得到想要的一切，我会变成疯狂的野兽，所有帝王都是这样！

"可伊本和我一样执着！他认定了我这个君主，认定了我的诺言，认定我会创造出没有战争没有饥饿的世界，他和我一样，都是疯子！"

阿瑟的身体已经完全沉入泥沙中，他最后听见国王说："我终于做到了！在这片土地上开荒建城，镇子里的人安居乐业，过得快活自在！我建造了一座乐园，我实现了我的诺言！"

这是纳赛尔先生说过的话。

现实与梦境纠缠在一起，阿瑟以为自己就要苏醒了，可当他睁开眼，发现自己漂浮在水面上，而纳赛尔先生站在水边，花白的头发被星光镀上一层淡淡的金色，他身边伫立着一匹战马，黑铁打造的马具熠熠生辉。

"年轻人，跟我来。"他说。

"纳赛尔先生，是您吗？"阿瑟有些不确定。

"我说了，我的名字叫作穆萨，阿拉道尔的国王。"老人平静地说，"伊本·阿卜杜勒·纳赛尔是我的乐师，我只是借用他的名字活了下来。"

阿瑟走出水面，跟在老人身后，脑袋里思索着该怎样让梦中的人物明白他自己的身份，"不不，纳赛尔先生，您是《穆萨王朝》的作者，穆萨只是您的笔名，就算您曾用国王的视角记录下这段历史，但您依旧是伊本·阿卜杜勒·纳赛尔。"

老人没再说话，动作娴熟地翻身骑上战马，朝阿瑟伸出手，阿瑟立即抓住他一同骑了上去。

"嗬！"老人高呼一声，战马狂奔起来。

沙漠的风如刀子一般刮过脸颊，阿瑟觉得呼吸困难，在这个虚幻的梦境中，他居然感受到了不同寻常的真实，于是他低下头，将脸埋在老人的身后，倾听耳边呼啸而过的风沙。

没过多久，远处传来尖锐的兵器声，阿瑟抬起头，看见前方燃烧着战火，刀戟相撞产生的蜂鸣声和战士搏斗发出的嘶吼声混在一起，血腥味越来越浓。

阿瑟惊恐万分，抓住老人的手臂大叫："纳赛尔先生，快停下！"

老人不为所动，目光锐利如同老鹰，就这么驾驭战马笔直冲进了地狱般的火海中。锋利的箭羽从头顶划过，闪着寒光的刀刃割断了缰绳，阿瑟几乎蜷成一团，而老人挥舞马鞭，像雄狮一般大吼："快点，再快点！马上就要来不及了！"

阿瑟颤声问："什么来不及了？"

战马突然腾起前蹄，发出一阵撕心裂肺的惨叫，接着便倒了下去。阿瑟从它背上滚落，惊魂未定，却发现自己置身山顶，刚才那片恐怖的战场被抛在不远处，火海中叛乱的士兵正逐步突围，向山崖逼近。

阿瑟回过头，看见悬崖上坐着一位金发男子，身穿朴素的米白色布衣，怀里抱着一把小竖琴，在月光下轻声歌唱。

老人就站在阿瑟身边，神情有些呆滞，仿佛那个带他冲破战火的雄狮已经离去，只剩一具佝偻的躯壳，眼中充满悲伤和悔恨。

"伊本，我来了……"老人颤抖着开口。

金发乐师停下演奏，月光照在他背后，将他的脸藏入阴影之中。

"我答应你会成为一位好国王，我没有忘记诺言，我实现了它！"老人说，"虽然我已不是国王，但我建造了一座城镇，带领他们开荒致富，现在他们安居乐业，过得快活自在，已经不需要我了。"

乐师放下竖琴，缓缓站起身。

老人咧开嘴，笑得像个孩子："所以我来找你了，伊本。"

漫天璀璨的星辰就像一朵夜玫瑰，绽开在寒风凛冽的悬崖上，老人上前一步，紧紧抱住乐师，深刻而有力，仿佛跨越了几个世纪，所有遗憾和怨愤都化为乌有，只剩下如夜般寂静的思念。

阿瑟沉默地看着一切，忽然不知该相信现实还是梦境。

如果纳赛尔先生真的是国王，那他是怎么来到几千年后的现在，实现他对乐师的承诺？

远处的兵戈声越来越近，忽然有人将乐师拉开。

"不——！"老人惊慌失措地大喊，可那名身穿盔甲的士兵充耳不闻，将一个麻袋套在了乐师头上，扎紧绳子，又将他的竖琴踢下悬崖。

阿瑟惊疑地转过身，看见叛军已逼到眼前，无数摇晃的火把就如同恶魔的爪牙，随山风起舞，狂乱又灼热。

那个抓住乐师的士兵大叫道："国王在这里！我抓到他了！！"

他的嗓音沙哑，重复不断地喊着这句话。当他仰起头时，阿瑟看见那张几乎被头盔遮盖的面孔，正是那个如雄狮般桀骜不羁的穆萨国王，他声嘶力竭地吼叫，眼泪顺着冰凉的头盔落下，和汗水混在一起。

然而只有阿瑟一个人看见了国王。

所有人都发出愤怒的吼叫，冲上崖顶，将麻袋里的人当作国王高高举起，又奋力抛下悬崖。

"不——！！"老人伸手去抓，却没碰到乐师。

阿瑟想要把老人拉回来，伸出的手却穿透老人的身体，就像穿透一个幽灵。他眼睁睁看着老人跳下悬崖，绣着波浪花纹的大褂在冷风中飞扬，掀起一场昏黄的沙暴，将他吹翻在地。

当阿瑟挣脱沙子的束缚，再度睁开眼时，太阳悬挂在头顶，炽热的阳光将他晒脱了皮，嘴唇也已干裂，喉咙如针扎般疼痛。

他挣扎着爬起来，拍掉身上的沙砾，脑袋里浑浑噩噩，想到的第一件事就是寻找纳赛尔先生，可当他视野清晰之后，发现自己在一个巨大的沙丘上，四周寸草不生，所有行囊都不见了，并且只剩他一人。

"纳赛尔……纳赛尔先生？"他张开干涩的嘴巴，试着叫了两声，但回应他的只有低沉的沙漠之风。

难道昨天夜里真的刮起了风暴？

阿瑟知道，沙漠里一旦起了风暴，没有庇护之物，所有东西都会被掩埋。穆萨王朝就是这么消失的——历史上最宏伟的沙漠之城，在战火之后，残垣断壁被一场空前绝后的沙暴掩埋了。

但他现在没法思考太多，如果再找不到纳赛尔先生，那位年事已高的老人很可能在沙丘下窒息，或者被太阳烤干。

阿瑟带着所剩无几的力气走了几步，又虚脱地坐倒在地。

魔鬼般的太阳炙烤着他，也许再过一刻钟，他连自己都救不了了。

然而沙漠依旧看不到尽头，仅仅过了一个夜晚，绝望就铺天盖地占据了他的大脑，他几乎快要忘记，自己是为什么来到这片沙漠，又为什么遭遇濒临死亡的险境。

"嘿——！"

有个粗犷的声音在沙漠里回荡。

阿瑟迟钝地转过头，看见一群人正骑着骆驼往这边赶。

仿佛黑夜里抓住一丝光明，绝处逢生的喜悦让他肾上腺激素飙升，他艰难地举起手臂，让那些人知道他还活着。

"哦天啊！真主保佑，你可真是幸运！"赶在最前面的人高呼道，"昨晚的风暴几乎能吞下一座小镇，你居然还活着！"

他来到阿瑟身边，跳下骆驼，递给阿瑟一瓶水。

年轻的小说家迫不及待拧开水瓶，豪饮起来，后面赶来的人笑道："我们是莫索城巡防队的，听说你独自一人进了沙漠，两天还没出来，本打算昨天出发找你，偏偏遇上沙暴，只能无功折返。"

另一人说："是啊，我们黎明才出发，不过幸好赶上了。"

阿瑟停下动作，睁大眼睛望着他们："不，我不是一个人来的！和我一起来的还有纳赛尔先生，一个历史著作家，你们找到他了吗？"

巡防队的人面面相觑，迟疑了一会儿，才有人说道："小伙子，你出现幻觉了吧？没关系，在沙漠里迷路的人经常会这样，我敢确定，通往半月湾的公路上有监控，你是独自一人走进沙漠的。"

5

阿瑟在莫索城的小诊所里住了两天才完全康复，当他带着谜团回到纳赛尔先生居住的小镇，却收到一个噩耗——伊本·阿卜杜勒·纳赛尔去世了，一个伟大的历史学家，一个阅历丰富的著作家，同时也是备受人们尊崇的开荒长老，就这么悄无声息地走了。

阿瑟感到难以置信。

因为他所有疑惑都源于这位老者，可他却没等到当面对质的这一天。

所有人都说伊本是在四天前去世的，那天早上，有人发现伊本倒在院子里，便立即叫来医生，可伊本再也没能醒来。

但在阿瑟的记忆中，那天早上，纳赛尔先生神清气爽地走出门，叫住了他，要他带他去沙漠，那座名为半月湾的沙丘……

也许从那时开始，一切都变成了梦境。

阿瑟只能这样告诉自己，因为他不知该如何解释发生的一切——他与纳赛尔先生的沙漠之旅，古怪却又真实的穆萨王朝之梦，从沙漠死里逃生，却被告知从一开始，进入沙漠的时候，就只剩他一人。

阿瑟有些颓然地走进小镇餐厅，要了当地的特色菜，然后掏出手机，给远在美洲的姐姐发了条简讯，告诉她纳赛尔先生去世的消息。

餐厅老板走到他面前，略带惋惜地说："很遗憾你没能参加施赫的葬礼。"

阿瑟抬起头，看见之前那位请他品尝面包酱的老妇人，没想到再次与她谈论起施赫，竟然经历了一个生死的跨度。

他不禁垂下头，眼眶有些湿润："是啊，我还有好多问题没来得及问他。"

"你可以去墓地看望他一下，就在西边的枣椰树林里。"老妇人说，"因为施赫来自西边的半月湾，又很喜欢枣椰树，我们便把他安葬在那里。"

"他来自半月湾？"阿瑟睁大眼睛。

老妇人点头道："他曾说过，半月湾就是他的故乡，虽然那里一向荒芜贫瘠，没出现过村庄或部落，但他很坚定，说那片土地见证过穆萨王朝的兴衰更替，是他深爱的地方。"

她说话的时候大概回忆起了什么，眼神中满是崇敬与向往。

阿瑟却变得无比沉默。

他忽然觉得，也许之前发生的一切，并不全是他的臆想。

阿瑟在晚饭后前往纳赛尔先生的墓地。

在墓碑前，他遇见了一个年轻男孩，男孩自称是伊本的学生，并递给阿瑟一只精致的木盒，对他说："老师去世之后，我们在他的书桌上找到一封信，也许是他的遗言，信上说'将旁边这只盒子转交给小说家阿瑟，他知道该怎么处理'，我想您就是那位来自美洲的小说家。"

"是的，是我。"

阿瑟接过盒子，在墓地幽暗的路灯下将它打开，只见柔软的鹅绒垫上躺着一枚戒指，戒指上的宝石颜色湛蓝，一尘不染。

恍惚间，耳边响起那位宫廷乐师低沉稳重的声音："陛下，愿您的未来如宝石般闪耀，不掺一丝杂质。"

阿瑟震惊地看着这枚戒指，又缓缓转过头，望向墓碑上的名字，那块厚重的石碑上赫然刻着"穆萨"的名字，而墓志铭是："我的诺言，就是与你共同建造一座没有痛苦与饥饿的王国，在你亲眼看到它之前，我将孤身一人奋斗。"

年轻男孩解释道："老师曾说过，在他去世之后，一定要把他的笔名刻在墓碑上，还有这句话，是《穆萨王朝》的结束语。"

阿瑟凝望着墓碑，久久说不出话。

手心里的木盒突然变得无比沉重，仿佛经历了千百年的洗礼，承载得太多、太久，终于找到一个可以倾诉的人。

两天后，阿瑟再次抵达半月湾，将装着宝石戒指的木盒埋进沙丘，然后跪在沙砾上，将手放在胸前，向穆萨行了告别礼。

炽热的沙漠之风将所有痕迹掩盖，阿瑟站起身，准备离开，忽然听见天边传来悠扬的号角声，仿佛一个盛世王朝正从沉睡中醒来。

他闭上眼静静地听着,脑海中有无数匹战马奔腾而过,从沙漠的一头到另一头,最后一鼓作气冲上天际,变成闪烁的星辰。

当他睁开眼,看见穆萨国王跪在高高的沙丘上,绣着波浪花纹的大褂被风吹得扬起,黑发有些凌乱。

国王一动不动,双手举着那枚宝石戒指,神情有些迷惘和忧伤。

一匹战马从阿瑟身边经过,马上的人身穿朴素的米白色布衣,腰间挂着一把木制小竖琴。他走到穆萨身边,伸长手臂,用食指点了点国王的眉心,轻声说:"别皱眉了,当心长出一叠皱纹,就像只忧郁的沙皮狗!"

国王看见他,咧开嘴笑起来:"伊本,我实现了诺言!"

"我知道。"乐师拉住他的手,将他拽上马背,"下次可别让我等这么久。"

阳光下的战马熠熠生辉,国王摸了摸马鬃,笑着说:"老朋友,又见面了。"

战马长嘶一声,迈开蹄子嗒嗒地往前走。

阿瑟伫立在原地,直到那匹战马载着国王和乐师消失在沙海之中,他才缓缓掏出手机,发了一条简讯出去。

"纳赛尔先生是我见过最伟大的人,但伟大的背后总会有牺牲。姐姐,我想我知道那个乐师的故事了,他的来由和消失并不重要,重要的是,他们都实现了诺言,不管经历了多久。"

（发表于《西部》2016年第2期）

向阳之花

1

我没有母亲。她生我的时候死于难产。

我一直觉得父亲对我很严厉，犯错的时候挨戒尺、皮带，胳膊和背上被抽得青连着紫，是因为父亲恼怒的时候会想起母亲，想起是我给他的爱人带来了不幸。后来我才知道，我就是欠打，在学校不止一个老师说过："我要是你爸，早把你抽死了！"

上到高中，我因为一件事和父亲大吵了一架，从此再也没回过家。

是姥爷出钱供我念完警校。毕业以后，我到高速交警队实习，认识了她。

交警队的位置很偏僻，为了出警方便，大队营院就建在石头城郊区高速公路边上。报到第一天，大队长看到我，笑得合不拢嘴："好极了！终于来了个带把儿的！"一天后我才知道，这个大队是所有高速交警队里唯一一个女性最多的大队，男的虽然也不少，但平均年龄在四十，像我这样年轻能干活儿的，是珍宝。

我问中队长："为什么不多招点年轻人？"中队长眼里满是沧桑："干几天你就懂了。"其实在来之前我就听过，石头城的高速交警队是最难熬的。这里离支队最远，开会要跑一百二十公里，上班时白加黑、五加二，常年在外，或昼夜颠倒，或酷暑严寒，都是最消磨人意志的。这样的环境，很难留住年轻人。我是个能吃苦的，即便如此，在第一轮班结束后也感到精神不振。

就是在我上完第一个小夜班回到大队那晚，看到她在办公室忙碌的背影。

已经凌晨两点了，周芸坐在电脑前，手指噼里啪啦地敲着键盘。她的办公室在出警室对面，办公桌背对着门口。我在出警室放完装备，一转身就看见她那把有些掉漆的木头椅子，和椅背上露出的圆圆的脑袋。这不是我第一次见到她，却是我第一次看到她工作的样子。

我静静看了她一会儿，她像是察觉到，转过头，朝我嘿嘿一笑。我顺势摘掉帽子，和她打招呼："这么晚了还在忙，不睡觉吗？"她睁大眼睛，拿起手机看了看，好像早已忘了时间："都这么晚了！好，马上搞定。"她的年纪看上去和我差不多，笑容和语气却像个孩子。我想，她是个好相处的人，也许我们可以成为朋友。

这个想法在我脑海里盘桓了许久，却没有说出口。

后来每个上完小夜班的晚上，我都能看见她。她就像个被人设置好的齿轮，在自己的领地里不间断地运作，忙碌而愉悦。那一年里，我听过无数个人在我耳边抱怨很累很辛苦，但没有一个是她。

实习以后第一笔工资我寄给了姥爷。姥爷不会发短信，找人帮忙拨号打给我，我在路上执勤，匆匆聊了几句就挂了。一周后收到他的信，一大段用黑色钢笔写下的字，笔画颤抖而认真。姥爷说，感谢我打给他的钱，但是他老了，身体健康，不需要钱，只希望我能回去看看父亲。

看看父亲。

我坐在营院的长椅上，风把信纸吹得叠在一起，又被我固执地掀开，重新看一遍。我想，如果思绪有重量，我此刻一定会被压垮。

　　"在看什么？"周芸的声音突然闯入我的思绪，像落在水面的羽毛，很轻，却在顷刻间荡出一圈涟漪。我抬起头，那双黑亮的眼睛正弯弯地朝着我笑，让我的想法无所遁形。

　　这真是个有魔力的人。她并不是我见过最好看的女孩，鹅蛋脸，大眼睛，千篇一律的大马尾，放在人群里不出挑，放在单位里又挺出彩。我任由她在我身边坐下，悄悄瞅我手上并不打算藏起来的信。

　　她问："你多久没回家啦？"我起身，接过一半她抱着的档案盒，说："忘了。"她和我一起站起来，沿着违法处理室门口的小路往办公楼走。午间的风很热，吹得我手心冒汗，但周芸的脚步很轻快，像踩着风的燕子。她说："我听朱成说，你调休了也不回家，都在单位待了快两个月了吧？"我点了点头。

　　正是午饭时间，办公楼里几乎没人，空旷的楼道把脚步声放大了好几倍。我走进内勤办公室，把档案盒放在周芸的桌子上，顺手摸了摸那把破旧的木头椅子。

　　周芸笑着朝我道谢，又有点儿尴尬地整理她堆满材料的办公桌。我问："你总是忙到很晚，内勤又不只你一个，为什么不见别人加班？"说完，我才意识到自己的语气像在替她打抱不平。她眨了眨眼，把一支淡蓝色的圆珠笔倒着往桌上一按，笔杆弹起来，又被她握在手中："萧哲，这你就说错了，没人规定我加班别人就必须加班。做好自己的工作，这是我对自己的要求。"她做着孩子一样顽皮的动作，却说着大人才会说的话。

　　午饭时，我看见她偷偷夹走了同事碗里的鸡腿。

2

除了爱笑，工作极度认真，周芸和队里多数女孩一样，休息了会打扮漂亮，穿上连衣裙和高跟鞋，十分欢快地与同事告别。

我和室友朱成在她离队时正好与她擦肩，朱成吹了声口哨，夸她的腿漂亮，她转过头指了指门口的警徽，严肃道："注意形象！"那张"工作脸"与她的造型十分不搭，朱成立刻摆正身形，以同样严肃的口吻回应她："好的周警官！"

等她离开，朱成哈哈大笑："太可爱了！要是哥年轻十岁，就追这样的女孩儿！"我好奇道："她没男朋友吗？"朱成一撇嘴："有啊！男的在风城，离这儿三百公里，也是警察，三个月见不着一面，有和没有有什么区别？"他拍拍我的肩，语重心长道："要挖墙脚，得趁早！"我十分嫌弃地把他拍开。

朱成这个人，别的不行，唯有影响力最令人佩服。

大队十个宿舍，二十个人，每天早上会有十九个被子叠成豆腐块，剩下那一个花卷，就是朱成的。

中队长曾忧心忡忡地对我说："小萧啊，你和朱成住，千万别被他影响了。"因为和他住过的人，无一例外，生活质量会和被子的形状一样，慢慢地从豆腐变成花卷。我和朱成当了两个月的室友，被子的棱角丝毫未变，导致领导检查内务的时候，都用十分震惊的眼光看我。

我以为懒惰不是什么大毛病。说到底，战友的品行再不端，只要不对我造成影响，我都可以坐视不理。更何况朱成比我年长十岁，既是战友也是长辈。

可相处久了，总会出现矛盾。我和朱成第一次矛盾，是因为一起报警。

那天是周芸在接警室值班，朱成早班，早上九点就该上高速巡逻，可他九点半才出现在食堂吃早饭。

我刚下大夜，顶着两坨黑眼圈去吃饭，碰到朱成打了声招呼，就听见他的对讲机在叫。他懒洋洋地回了声："收到。"周芸的声音夹杂着轻微的电流响起来："过辖区第一收费站往石头城方向两公里，发生一起追尾事故，在右侧行车道上！朱警官，请你立刻赶往现场！"朱成放下筷子，回："收到啦。"然后拿起蘸了豆腐乳的馒头，慢条斯理地吃着。

我打完饭坐在他身边，看了他一眼："朱哥，有事故。"他咧嘴一笑："饿着肚子哪有力气干活？吃饱了再去，别催啊。"五分钟后，周芸再次打开对讲："朱哥，你开的哪辆警车？指挥中心让你打开车载台定位。"朱成叹了口气，把对讲机音量调小了些。

食堂里只有他一个正式民警，我还在实习，其余几个都是协警。大家面面相觑，对朱警官的无动于衷表示不可思议。

我说："朱哥，你早班已经迟了，我下来的时候你就该上去。"朱成端起碗，碰了一下我的饭盒，干杯似的："快，好孩子累了一晚上了，多吃点。"我一动不动地盯着他："周芸说，有事故。"朱成也望着我，脸上似笑非笑："我吃个饭能耽误几分钟？你少说两句，我就能快点吃完。"

食堂里忽然静悄悄的。我脑袋一热，抓起他放在手边的车钥匙，直截了当道："你继续吃，我替你上！"我推开椅子大步走出食堂，听见朱成喊："疯了吧你！你个实习的，处理过事故吗？"他推开椅子追出来，于是我走得更快，不愿与这种毫无责任感的人为伍。

出了楼就是停车场，我气冲冲地拉开车门，朱成赶上来一把揪住我的领子，我以为他要和我打架，条件反射地按住他的手，他却面红耳赤地瞪我一眼："滚！老子的座驾你也敢抢！"顺势一把抓走了我手里的钥匙，一屁股坐进车里，凶神恶煞地吼了声：

"臭小子!"接着打火关门,警车咆哮着冲出营院,像一匹烈马。

我站在原地喘了会儿气,突然听见头顶"扑哧"一声,抬起头,看见周芸趴在二楼值班室的窗户上,望着我笑:"你可真能耐,朱成都被你撑上去了!"我气还没消,回头看一眼大门,没说话。

周芸说:"你上来吧,内勤备的解暑药到了,你过来领一份。"

值班室门口摆着两个大纸箱,里面装满了胖大海和菊花茶。周芸在值班之余将这些东西按份装好,发给每个要上勤的人。

我领了东西,问她:"追尾事故严重吗?"周芸摇头:"不严重,没人受伤,但后面那辆车走不动了,我通知了清障,这会儿应该到了吧。"她回头拿起对讲机,问清障车情况。

我见没什么事,准备走,周芸放下对讲机又把我叫住,说:"朱成奔四的人了,就那个性子,天塌下来他也能坐在食堂里吃包子,你别太往心里去。"

我沉默了一下,说:"保罗·梅亚有一句话,对人生失去了热情和梦想,在懒散中度过一生的人,他的墓碑上应该写着:卒于二十岁,葬于六十岁。我觉得当警察,一辈子都不能失去热情和梦想,否则不配当。"

周芸惊讶地眨了眨眼睛,说:"你可以当面对他说这句话。"我认真思考了一下,说:"我刚才动了他的车钥匙,他气得想咬人,要是当面说,估计得以为我咒他。"

周芸又忍不住笑起来。

3

我因为出警的事和朱成干了一架——第二天,整个大队都这么传。

夜班补觉使我错过了阻止事情被夸大歪曲的机会，等我意识到，已经站在教导员的办公室，和朱成肩并肩。

朱成大概比我先到几分钟，教导员已经听完他的陈述，扭头看向我。我目视前方，面不改色地说："我没有打架。"

教导员背着手站在我面前，神色还算和蔼："我知道没打架，要是真打了，你脸早肿了，不能还这么帅。"我十分不服气，不信朱成那把老骨头打得过我。教导员拍拍我的肩："事情经过就不用说了，我了解。年轻人嘛，有干劲是好事，值得表扬！那这样吧，从今天起你和朱成搭班，学习处理事故，你觉得怎么样？"

我还没说话，朱成突然开口："不行！你让他跟老张去，跟我干什么，学吃豆腐叠花卷吗？"教导员无视他的反抗，另一只手稳稳搭在他肩上："那从今天起，小萧就喊你一声'师父'了，你带好他啊。"朱成张开的嘴忽然紧紧闭上，脸色有些发黑。我皱眉看了他一眼，回答："我知道了。"

从办公室出来，朱成一改往日懒洋洋的步伐，走得飞快。从办公楼到宿舍楼只有一个路口，朱成的样子简直恨不得生一对翅膀飞过去。看来还在气头上，想尽快远离我。

宿舍楼很安静，其他人不是去上勤就是在补觉，白天跟晚上一样。只有朱成的脚步声肆无忌惮，像暴躁的鼓槌，在地面这张黑白相间的大理石鼓面上砸得咚咚作响。

一进屋，他往床上一坐，直勾勾瞪着比他晚两步进门的我。我自动避开他充满敌意的目光，转身去烧水。

大约五分钟以后，朱成突然打破安静，叫了一声我的名字。

我正拿着烧水壶往杯子里灌水，停下动作转过身，看见他撑着膝盖坐在床边上，手臂上布满细小的汗珠，不知是天太热还是他自己火气旺。他说："下午上勤，记得带上事故勘查图。"

我愣了一下，答好。他长出一口气，两腿一跷躺在了自己的

"花卷"上，仿佛和片刻之前那个怒火中烧的自己一刀两断了。

在教导员的指令下，我和朱成的勤务被安排到一起，从早到晚形影不离。

周芸见到我，颇为关心地问："最近怎么样？朱哥没为难你吧？"要是为难倒也好说，毕竟我们才闹过矛盾。可诡异的是，朱成像是变了个人，上勤不像以前那样拖沓了，教给我的本事也很实用，有问必答，不厌其烦。我望着周芸，反问道："朱哥究竟是个什么样的人？"

小夜班回来，凌晨两点的办公室照例只有周芸一个人。

她靠在门边，望了眼走廊。我说："朱哥给车加油去了。"周芸点点头，等我放好装备，她轻声说："是我给教导员提的意见，让你和朱成学事故。"

我转头看着她："为什么？"她不好意思地挠了挠鼻头，说："虽然你只干了两个月，但我能看出来，你工作能力强，态度认真，你跟朱哥搭档，能激励他好好干下去。"我说："没有我，他不照样干得挺好？"周芸说："以前是挺好的。"听她的口吻，我直觉这其中有什么缘由。而朱成最近的变化，让我对他的"以前"产生了好奇。

走廊两头的窗户开着，夜风吹进来，带着一丝清凉。周芸将颊边的碎发撩到耳后，声音在夜风里听上去十分轻柔：

"我两年前刚到大队的时候，朱成才被评为党员模范先锋。那时候，他干什么都冲在最前面，路面执法、处理事故、业务培训，样样都争第一。跟我一批来报到的两个小伙子，其中一个，分给了朱成当徒弟……"

那个男孩叫郭翔，二十四岁。他不是朱成带的第一个徒弟，却是教得最认真的一个。朱成常在党小组会上夸他，踏实肯干，勤奋上进。那时候，大队里有两样人人熟知的"标配"：一样是周五晚上的稀饭配包子，一样是事故现场的朱成配郭翔。

　　但就在一年零八个月前，也是朱成带郭翔的第三个月，他们和往常一样处理一起交通事故，两车追尾没人受伤，只需要拍照调解就行。现场摆好了锥桶和警示牌，朱成一边取证一边和驾驶人沟通，郭翔站在远端警戒，一切如常。

　　却没想两分钟以后，路面传来刺耳的刹车声，紧接着是"砰！！"一声巨响，一辆白色越野车冲进警戒区撞在了护栏上，而车头和护栏之间，是郭翔没来得及闪躲的身体——他的双腿卡在车头与护栏几乎失去缝隙的空间里，他用双手撑住引擎盖，双唇颤抖着发不出一句叫喊。

　　雪花飘飞的十二月，石头城的高速公路被警车与急救车此起彼伏的鸣笛声淹没。交警队第一时间为急救车开辟了绿色通道，郭翔被送进医院，经抢救保住了性命。医生说，幸亏朱成用皮带勒住了伤者的大腿，又开着警车往回赶了一段距离，大大减少了救护车所用的时间。

　　我听着周芸的叙述，紧张得呼吸发颤："那后来呢？郭翔还好吗？"周芸说："当时因为天冷，被撞断的腿没有坏死，成功接回去了，但是至今为止郭翔还躺在床上，大大小小的手术做了几十次，人瘦得像骷髅。"

　　我紧紧捏住臂弯里的帽子，心里为郭翔感到惋惜，却又不知该说什么。周芸继续道："就是从那件事以后，朱成像变了个人，工作消极，出警也慢吞吞的……而且，郭翔刚出事的时候，朱成在医院里守了两天两夜，郭翔醒了，他却一次也没去看过。"

　　我微微睁大眼睛，忽然想起六年前，那个我再也没回过的家。

4

周六，又一个休息日被我一觉睡过去。下午七点一睁开眼，看见朱成叉腰在我床边站着，吓得我差点儿把枕头扔过去。

朱成一副嫌我大惊小怪的样子，说："真准时，该吃晚饭就醒了。"我从床上爬起来，没好气地道："你没事站我床边干吗？扮鬼啊？"朱成讥诮道："不做亏心事，不怕鬼上门！说吧，你这么久不回家，做啥亏心事了？"我懒得理他，穿上鞋子下楼吃饭。

自从听周芸说了那件事，我对朱成便多了几分同情。我想，他应该是自责的，所以至今不敢面对曾经的徒弟。

可他不该因为一起意外改变自己从警的态度。人民警察，无论何时都该是公平公正的，是正义女神手里的宝剑，为该守护的人出鞘，毫不迟疑。

从食堂出来，碰到吃完饭在营院里遛弯的教导员，他眯眼一笑，对我说："小萧啊，休息了不回家，来打扫卫生吧！出警室的柜子落灰了，你快去看看！"他说着把我往楼里推，推进门又兀自走了。我一头雾水，但还是听话地拿上抹布水桶去了出警室。

"麻烦您了。"刚走到出警室门口，听见朱成的声音，我下意识顿住，循声望去，是隔壁大队长办公室里传出来的。

大队长说："你就不打算亲自去吗？端午节的时候，小郭跟我说，他很怀念跟你一起执勤的日子。我觉得，你应该亲自去看看他。"朱成沉默了一会儿，说："不了。"大队长叹息道："唉，你每个月给他一千，不告诉他，又不肯见他，闹什么别扭呢？"椅子吱呀一声响，我急忙钻进出警室，朱成说："反正钱给您了，麻烦带到。"

我把抹布一股脑儿塞进水桶，朱成从出警室门口路过，停下来看我："你干吗呢？"我刚摆出一副擦柜子的模样，转头望他："打扫卫生啊！"朱成惊奇地抖了抖眉梢，说："这么有精神，不如晚上替我上大夜啊。"说完扭头走了。

我在原地呆了一呆，抹布上的水珠子连成串打在皮鞋上，还有一串钻进袖子，凉得我一激灵，忽然鬼使神差地追了出去："朱哥，晚上我和你上大夜吧！"朱成停在楼梯口，睁大眼睛看我。我朝他笑了一下："那就这么定了，反正我没事干。"

凌晨一点半，我提着执勤箱出现在停车场。朱成比我晚下来两分钟，见了我，啧啧地说："行啊你，还真来了！"他拉开车门，把箱子扔上后座，我随之坐进副驾，系好了安全带。朱成看我一本正经的样子，摇头笑了两声，没再说话。

警车驶出营院大门，没走多远，与小夜班下来的警车擦肩而过。朱成撇嘴道："你看，我上次出警慢了你朝我发火，这回老张提前从路上下来，他早退，你怎么一点儿反应都没有？"我说："你应该庆幸有人监督你，才不会堕落。"朱成"嘿"了一声，扭头摇下车窗大喊："你这个堕落的老张！！"我赶忙拍他："好好开车！"

夜晚的高速车很少，公路一下子显得宽敞很多。我们在这条熟悉的跑道上驰骋，车灯照亮前路，像一柄发光的剑，劈开聚在路上的黑暗与阴霾，车窗外风声猎猎，仿佛在为我们挥舞战旗。路边的麦田和远处的村庄却早已陷入沉睡，享受着黑夜带来的安宁。

从收费站掉头，朱成说："再开一圈换你，你可以先睡一会儿。"我望着窗外，想了片刻，开口说："朱哥，其实你……可以去看看郭翔。"

这话一出，我明显感觉到朱成的呼吸声变低了，我转头看了看他握住方向盘的手，掂量着自己要说的话："干交警这一行，还是高速交警，危险系数本来就很大，出意外，不是我们能控制的，你总不能因为天灾人祸，和你的战友一刀两断吧？"

朱成斜了我一眼，不冷不热地说："睡觉。"我接着道："还是说，就因为他是你徒弟，你觉得没照顾好他，所以愧疚，不敢见他？"朱成吸了口气，脸色沉下来，一言不发。

我自己也没想到，我跟朱成出来上夜班的动机，居然是为了安慰他。我以为别人的世界、别人的事，只要不影响到我，就永远与我无关。也许是因为那一次出警争执，让我与朱成有了纠葛，又或许是教导员的一句"师父"，让我们的关系发生了变化。

但朱成与郭翔的事，到底是不是我该插手的？在起了话题之后，我忽然有些茫然。我怕我不知轻重，说一些伤害他的话。

谁知就在我觉得不妥想要转移话题的时候，朱成突然诡异地"嘿嘿"笑起来，我被他笑得浑身发毛，他边笑边说："你和郭翔那小子还挺像的。"他的语气放松了一些。我靠在椅背上，绷紧的肩膀也随之松了松。

车开到服务区，朱成去超市买了两瓶饮料。我躺在副驾上，接过他递来的饮料，他靠在车门上点了支烟，眼睛不知望着什么地方，说道："你说对了一件事，我确实觉得愧疚，可我不知道，我为什么不敢见他。每次队长和周芸他们去看小郭，回来跟我讲他的现状，我就觉得透不过气。他才二十四岁，也许一辈子都站不起来了，就因为……"

他狠狠抽了口烟，仿佛在给自己鼓气似的，半晌才说："我当时在拍照，抬头看了一眼，小郭站在锥桶跟前，太靠外了，离护栏有点远。我想叫他，但想着两分钟就搞完了，不会出什么事……呵，就两分钟，我再抬头，就看见他被撞在护栏上，一条腿直接飞出去，血从棉裤里涌出来，他哆嗦着看我，发不出声来，但我知道他的眼神，他在喊'哥，救救我'……"

朱成的声音渐渐有些不稳，我看见他夹着烟的手在发抖，提着饮料的手却用力攥了攥。他继续说："我当时抱着他，浑身都是血，把他抱上警车，又回头去捡那条断了的腿，开车的时候不停地大喊他的名字，让他保持清醒，但我整个脑子都是空白的，直到把他送上救护车，我的脑子才告诉我，是我害了他，是我的大意害了他，如果他死了都是我的错……"

服务区的照明让他脸色发白，他回手把饮料放在车顶，用力揉了揉眼睛。

夜风吹过我冒汗的脖颈，本该消暑的清凉此刻却显得有些冰冷。我不知该说什么，于是努力回忆周芸说过的话："郭翔还活着，而且很想见你，你如果自责就该当面跟他说。"

朱成把烟头踩灭，自嘲道："你怎么知道他真的想见我？万一他恨我呢？万一他见到我就想起那件事，恨不得我永远消失，那还不如不见！"

"不会的！"我急得打开车门，撞了他一下，"你不见怎么知道他怎么想？他以前那么崇拜你，不会因为一场意外就恨你！"朱成揉了揉被撞疼的胳膊，皱眉道："你懂什么？我是他师父，是带他上路的民警！我要对他的安全负责，可我没做到！"

"我懂！因为我也盼着我父亲来找我！！"我的喊声有些失控，肩膀在喘息中颤抖。那一瞬间，我觉得心里有一道枷锁断裂了，发出清脆又刺耳的声音。朱成望着我，愣住了。

5

六年前，我爸告诉我，他要再婚了。

他领了一个陌生的阿姨进门，我第一眼看到她，就觉得不喜欢。但姥爷说，我爸孤独了那么久，是该找个人陪着了。所以我把我的不喜欢藏起来，勉强对秦阿姨露出微笑。

秦阿姨很勤快，每天起很早给我做早餐，说上高中费脑子，要保持营养均衡才能健康。我表面上接受她的好意，私下里挑着她的错处，每一笔都记在心上，只盼找个机会告诉父亲：她不适合当我母亲。

高二第一个学期，学校组织篮球赛，班里突然掀起了一阵穿名牌运动鞋的热潮。我家并不富裕，我也没打算穿那么贵的鞋子，但身边的朋友都买了新鞋，一起玩儿的时候相互炫耀，免不了挤对我跟不上潮流。次数多了，到后来，干脆把打招呼的方式都换成："萧哲，还是那双破球鞋啊！"我努力假装不在意那些玩笑，甚至自黑道："是啊，我萧哲只配穿破球鞋。"

直到有一天，一个一直看不惯我的男生当众说："萧哲他爸不是亲的吧，连双鞋也舍不得买？哎，没妈的孩子像根草，真可怜！"他故意让我听到，然后露出得意洋洋的表情。我极力克制打他的冲动，愤怒道："我爸愿意给我买，是我自己不想要！"

那天回家，我翻出自己所有"存款"，发现连个鞋底都买不起。吃晚饭时，我十分艰难地开口问父亲："我能买双新鞋吗？"父亲问："多少钱？"我伸出四个手指，父亲说："四十？"我低声补了个零，被父亲狠狠瞪了一眼。

谁知隔天晚上，秦阿姨趁父亲不在偷偷塞给我四百块，脸上挂着一如既往温和的微笑，对我说："小哲长大了，旧鞋子不合脚，应该买新的。"那是我第一次，在心里记上她的好。

周末一大早我就去了商场，挑了两个小时才买上一双运动鞋，兴高采烈地抱着回家，一进门，却看见父亲坐在沙发上，面黑如炭。

他一见到我就站了起来，看向我手里的袋子，没容我解释，两步上前一把将纸袋夺过去，掏出鞋盒，猛地一掀，两只运动鞋

"哐当哐当"掉出来，像被巨浪拍翻的船，争先恐后沉入海底。父亲怒道："不给你钱，你就学会偷了？！"

一句话把我砸蒙了。我愣愣地看着地上的鞋，刚想开口，父亲一把扯住我的领子，把我拽进他的卧室，又狠狠一推，我的后脑勺撞在衣柜上，一声闷响。他弯腰拉开床头抽屉，指着里面的钱包："是不是从这里面拿的？说话！"

后脑勺的疼痛刺激了我的泪腺，我眼前很快被水光覆盖，又强忍着不让眼泪出来，斩钉截铁道："我没偷！是秦阿姨给我的！"父亲听到，反而更生气了，怒火烧红了他的脸，他再次冲到我面前，一掌拍向我的脑袋，大骂："我怎么会生你这样的畜生！偷窃撒谎都会了，你还想干什么？！"

"我没说谎！是秦阿姨给我的！"我抓住父亲还想打我的手，耳边充斥着他暴怒的吼声："你秦阿姨走之前还帮你说话，你反倒诬赖上她了！好啊，看我不打死你个小畜生！"

一句话，让我清醒了。

我一直觉得父亲对我很严厉，犯错的时候挨戒尺、皮带，打得我嗷嗷直叫，是因为父亲恼怒的时候会想起母亲，想起是我给他的爱人带来了不幸。可现在，他因为另一个女人的谎言，对我发怒，对我施暴，这些击打在我身上的疼痛，比我活到现在承受的所有痛苦加起来还要痛。

那天，我第一次反抗了父亲。我抓住他的手腕，用力一推，他绊倒在床上，惊疑又愤怒地瞪着我。我流着眼泪，发疯般对他大叫："你不配当我爸！我没有这样的家！！"

那天，我跑出家门，再也没回去过。

6

朱成沉默地坐在副驾上，左手拇指在烟盒上来回摩挲，却始终没有再点上一根。

从服务区出来就换我开车，朱成安静地听完我的故事，沉默良久，才说："你爸也真够厉害的，帮外人打儿子，还打头，怪不得你现在这么愣！"他说完自己笑起来，又扭头看我反应。我没憋住，和他一起哈哈大笑。

原来很多年前的事，现在说出来就像个笑话。

笑累了，我说："后来我和姥爷住，没过多久就听说我爸和秦阿姨分开了。再后来，我考上警校，到这儿工作，姥爷给我写了封信，劝我去看我爸，还说了一个秘密。"朱成好奇道："什么秘密？"

我微微扬起下巴，目视前方劈开黑暗的灯光："姥爷说，他当初供我念警校的学费，一多半是我爸偷偷给的，他不愿让我知道，就借姥爷的手给我。"朱成瞬间沉默了，大概是想起了自己借大队长的手每月送给郭翔的一千块。

我说："我一直盼着我爸能来找我，主动跟我道歉。可现在，我觉得让他主动来见我不太可能，他肯定怕我恨他，怕我一想起那件事就恨不得他消失，还不如不见。"朱成呆了呆，好半天才反应过来我学了他的话，顿时气得磨牙："行啊萧哲，难怪周芸夸你学得快学得精，真不是一般的精！都开始现学现卖了！"

我朝他咧嘴一笑，说："朱哥，不如我们来比赛吧？"朱成挑眉："比什么？""比谁先放下包袱，去见那个一直想见的人。"朱成静了片刻，放倒椅子，双手交叠放在脑袋下面，十分惬意地躺了下去。

等窗外的风声再度猎猎作响，他答道："行。"

那个晚上，除了我和朱成，谁也不知道在这条被警车轧过千万遍的高速公路上，一个实习生和一位老民警做出了什么样的约定。

一周以后，周芸在大队微信群里发了两张照片，是大队长和朱成去看望郭翔的照片。第一张里，大队长提着慰问品，递给郭翔的家人，年迈的夫妇慈眉善目，老母亲握住了朱成的手，好像在说些什么。第二张里，朱成坐在床边，轻轻揽着郭翔的肩膀，郭翔的眼眶很红，但笑容是真切而开心的。

我盯着照片看了良久，发了条微信给朱成："朱哥，你赢了。"朱成很快回复："那你呢？"

我站在大槐树下，缓缓抬起头，望向面前有些破旧的单元楼。从那扇久别的落地窗里，我看见一把黄色的木头椅子，凳腿儿有些掉漆，阳光照在上面，依稀映出一个中年人的轮廓。

手机又响了一声，我划开锁屏，看见周芸发来的消息："朱哥渡劫成功，正在享受飞升的快乐！但他说，独乐乐不如众乐乐，要求你也发张照片，证明你是快乐的！"

我笑了一下，打开相机对准了父亲的阳台，停顿片刻，又转过身，将镜头对准了树下几枝金灿灿的向日葵。

周芸收到照片，回道："哇，好漂亮的向日葵！"我笑回："是啊，像你一样。"周芸大大咧咧回了个开心的表情，说："不，应该更像你一点儿。我知道是你解开了朱哥的心结，你就是我们大队的向日葵！"

我放下手机，凝望那几株在阳光下熠熠生辉的花朵，恍然觉得这些向阳之花的可爱，不在于她们美丽的外表，而在于她们把自己活成光明的勇气。

父亲说，向日葵是母亲生前最喜欢的花。如今，我也喜欢上了母亲喜欢过的花。

　　　　　　　　　　　　　　　　　　　　天鹅湖 |

明媚的阳光落在花瓣上，也落在我肩头。我深深吸了口气，又缓缓吐出，六年的尘埃在这一呼一吸中被吹尽。我迈开脚步，走向那栋久违的单元楼，木头椅子上的中年人站起身，风送来他低低地叹息，我听见熟悉的声音说：

"好久不见，回来就好。"

（发表于《民族文汇》2020年第1期）

红玫瑰

1

有个女人跳楼自杀了。

茉莉在放学回家的路上听见小卖部的刘奶奶在跟人议论，声音压得很低，生怕路上来往的孩子听见，可茉莉还是听见了，她在肚子里冷嘲一声：哼，自杀，真没出息！然后像往常一样，拿了一罐最喜欢的西瓜糖，将零钱放进小卖部的纸盒里。

刘奶奶看见她，回头眉开眼笑地喊了一声："哟，小茉莉，又来买糖吃啊？小心吃多了长蛀牙！"

茉莉看了刘奶奶一眼，没吭气，只在心里翻了个白眼：我吃糖不是让你挣钱么，管这么多干吗！转头看见邻居家的孙奶奶也跑来了，两句话便加入小卖部的议论阵营，一群老婆子兴高采烈地议论起那个跳楼自杀的女人。

刘奶奶忽然高呼一声："什么？你家老头子亲眼看见的？"

话音刚落便迎来一群人的"嘘，你小点声！"，随后孙奶奶才点点头，低声说："是啊，我家老汉视力不好，早上开窗透风时往下一瞧，哎哟！一楼的台子上怎么开出朵大红花来？阳光照着，亮堂堂的，像朵大玫瑰，还喊着怪漂亮！我跑去一看才发现不得了啊，那哪里是朵玫瑰，分明是个摔得稀巴烂的人！"

孙奶奶越说越激动，不觉提高了嗓音，一群人走火入魔地听完之后，又同时反应过来，对着她齐齐地"嘘"了一声。

茉莉侧耳听着，喂了颗西瓜糖到嘴里，清凉的味道沁人心脾，消退了夏日傍晚的余热。

这群老太太也真是的，既然不想让人听见就别议论，既然议论了还怕人听见，茉莉想听听后来怎么样，她们又把声音压低了，就像说书的故事讲了半截，让人心如猫抓。

她只得撇撇嘴，打消了偷听的念头，两步跑出小卖部，想快点回家写完作业再去找朋友玩。

2

爬了六楼，到家门口的时候，西瓜糖已经吃完了，茉莉用袖子擦了擦黏糊糊的嘴，伸出巴掌拍门，"嘭嘭"地拍了半天，里面半点动静都没有。

这楼的隔音效果不好，大半夜的都能听见隔壁讲悄悄话，每回茉莉敲门，也都能听见老妈拖着步子来开门，有时还打着哈欠。可今天奇了，老妈不在？茉莉想了想，觉得不可能，继续甩开巴掌拍门。

老妈在同龄妇女中算漂亮的，以前开了家化妆品店，现在把店面卖了，专职家庭主妇，没事做就睡觉，睡醒了就看韩剧，边看边哭，身边备一卷纸，一只垃圾桶，还有茉莉藏在书桌底下留着以后慢慢吃的零食。

而老爸，茉莉有两个。一个是亲爸，电工，工资低但还算稳定，性格内向，少言寡语，茉莉觉得自己跟亲爸是一个模子里刻出来的，不但长得像，还继承了他"啥屁都在肚子里放"的性格，老妈经常这么骂他。茉莉觉得没啥，放屁不就图个畅快嘛，管它放哪里？

但太沉默会让女人觉得缺爱，老妈这么说着，签了离婚协议，没过两年茉莉就有了后爸。

后爸是个生意人，啥买卖都做，有时收入上万有时则赔得血本全无。他个头高大，十分大男子主义，生意上的事从不跟老妈商量，挣了钱就立马花光，很少让老妈享福，赔了钱就立马关机，跟所有债主玩失踪。

茉莉觉得后爸就是头野熊，只知道狠闯，老妈明明提了那么多中肯的建议，他跟耳旁风一样不理会，然后就赔钱、赔钱，赔到现在居然跟高利贷借了五十万，连房产证都抵押了。老妈知道后快气炸了，当着茉莉的面和他大吵一架，吵着吵着就提到前夫，说那个电工再怎么样也能给她稳定的生活，挣了钱还知道上交……

后面的内容茉莉没再听了，回到卧室关紧房门，戴上耳机听音乐。

其实老妈挺蠢的，当年多少人劝她不要再婚，她不听，说是终于找到了真爱，一定要和他白头偕老，还把化妆品店卖了支持他的生意，现在倒好，老妈每天晚上都要钻进茉莉的卧室哭诉，说自己开店时后爸对她多么多么好，现在她不挣钱了，后爸就拿她当累赘，成天不给她好脸色看。

茉莉不知道该怎么安慰她，只好默默听着，但同样的话听多了观世音都会不耐烦，终于没忍住，对老妈的抱怨说了声："活该！活该你要离婚，把屁放肚子里的人怎么不好了？还不会臭着别人呢！"

那句话之后，老妈再也没跟她抱怨过，转而像行尸走肉一样过着吃饭睡觉看韩剧无限循环的日子，还总爱念叨一句："唉，真晦气。"茉莉觉得别扭，跑去亲爸那住了一段时间，再回来时，就看见老妈坐在电脑前，边看韩剧边做十字绣，绣了好大一朵玫瑰，红艳艳的。

茉莉的思维忽然定格在玫瑰上，回过神来，面前依旧是紧闭的防盗门，不过眨眼工夫，她脑海里闪过许多事，包括孙奶奶说的话，那个跳楼自杀的女人，被她家老伴看成了一朵大红玫瑰，在晨光下静静躺在一楼的台子上。

她忽然反应过来，孙奶奶就住在对门，那她们议论的女人不就是从这栋楼上跳下去的？

想到这儿，茉莉浑身哆嗦一下，转头看了看孙奶奶家的门，又顺着楼梯朝上望，感觉整个楼道都阴森森的。

"老妈！"茉莉回过头，开始大喊开门，然而拍红了手心也没等到熟悉的脚步声。

老妈这个时间应该从菜市场回来了，先看两集韩剧，再开始做饭，等茉莉回来，刚好能吃上香喷喷的米饭和两个拿手小菜。偏偏今天出现异常，偏偏在"有个女人跳楼自杀"的日子，老妈不见了。

茉莉着急起来，不愿在这个阴冷的楼道里多待一秒，更糟糕的是，一个诡异的问题蹿进脑海——那个自杀的女人，是谁？

3

茉莉有些抓狂，不知道自己在胡思乱想些什么，扔下书包就往楼下跑，在电话亭拨了老妈的手机，无人接听；拨后爸的，关机；亲爸的，欠费停机。

茉莉快疯了，掉头就往小卖部冲，那群窃窃私语的老人已经散了，只剩几个小学生围在小卖部的电视机前看动画，嘎嘎的笑声让她觉得心烦意乱，她飞奔进屋子找到刘奶奶，刚想开口问那个跳楼的女人是谁，刘奶奶忽然瞪圆眼睛看着她："茉莉，你刚才拿西瓜糖怎么不给钱啊？"

茉莉诧异道："我给了啊，放在纸盒里了！"

刘奶奶皱着眉头将纸盒端起来，气愤道："小小年纪就骗人！这盒子里只有八角钱，一罐西瓜糖一块，你说到底给没？"

茉莉张了张嘴，还没出声，就听见刘奶奶说："去把你妈叫来，教育孩子这种事必须跟大人谈！"

"我妈不在家。"

"还骗人！"刘奶奶更生气了，"你妈啥时候不在家？她又没事做，不在家还能干啥？"

听到这话，茉莉忽然怒火中烧："你凭什么这么说她？她以前卖化妆品，比你这个破商店强多了！"

茉莉大喊完，头也不回就跑了，也没理会刘奶奶的脸色。不过她忽然安心了，既然刘奶奶让她喊老妈，就说明那个自杀的女人跟老妈无关，刚才的胡思乱想像一只被扎爆的气球，"嘭"的一声没了。

4

石头城的傍晚渐渐凉爽了，路上十分安静，除了贪玩的孩子时不时传出几声大笑，这里安静得就像进入了梦乡——石头城一直都是这样，只要过了下班时间，各路喧嚣就被锁进家门，白天的公共话剧变成夜晚的家庭剧，画面被一堵堵水泥墙分隔开，除非在茉莉居住的那栋不隔音的单元楼，否则永远听不到别人的家长里短。

茉莉独自在路上走着，空旷的街道让她的脚步声放大了好几倍，但她什么都听不到，整个脑袋里只装着一个问题：老妈去哪儿了?

她朝菜市场张望，穿堂风夹杂着一股腥臭味迎面扑来，让她皱起鼻子，咧了咧嘴，急忙掉头离开。

茉莉记得老妈说过，在很久以前，老妈和她一样大的时候，石头城的夜晚从没安静过：人们喜欢扎堆在屋外吃饭，天南地北地聊天；老头们喜欢在路灯底下对弈，时不时大喊几声"吃！"；菜市场里有几个流浪汉埋头捡拾剩菜，黑黢黢的脸上只能看见一排笑开花的白牙。现在的石头城没有流浪汉，喜欢对弈的老头也早都变了尘土，扎堆在外面吃喝玩乐的全是小混混，所以茉莉对老妈嘴里的场景嗤之以鼻，她觉得安安静静才算正常，各过各的才是小康。

回到老旧的单元楼，茉莉感觉腿有点酸，放慢步子爬楼梯，听见二楼的男人在打电话，三楼的女人在打小孩，四楼的小孩在背课文，五楼电视声音最大。茉莉翻着眼睛想了想，她只认识对门的孙奶奶，因为孙奶奶给她买过西瓜糖，至于三楼和四楼那两个小孩，一个年龄太小一个长得太丑，不符合她的交友标准。

爬到六楼的时候，茉莉发现自己扔在门口的书包没了，她蹦跶一下，欢天喜地的正要敲门，突然听见对门的孙奶奶大叫道："哎！我放过盐啦！你还放，咸死你个老糊涂虫！"茉莉幸灾乐祸地笑了两声，拍响了门。

这次很快就听到老妈拖着脚步走过来的声音，门开之后，茉莉三步并作两步钻进屋里，看到一桌香喷喷的饭菜，有些诧异地望着老妈："你什么时候回来的啊？这么快就做好饭了！"

老妈边拿筷子边说："我一直都在家，饭做了一半叫我下楼取快递，真晦气，我就跑了一趟，回来看见你的书包在门口扔着，你又去哪儿玩了？"

"我以为你迷路了，找你去了！"茉莉像小地主一样往椅子上一靠，等着老妈把筷子递到面前，又问："啥快递啊？"

老妈简单回了三个字："十字绣。"

上次的红玫瑰绣完了，又买了一大束红玫瑰绣，茉莉写完作业，趴在床上看老妈做十字绣，耳边是叽里咕噜的韩语，眼前是老妈有些忧郁的侧脸。

后爸一如既往地在外面喝酒应酬，不到十二点不进家门，茉莉头一回觉得这个家很冷清，眼前这个女人很孤单，不禁鬼使神差地问了一句："老妈，你不会想不开吧？"

老妈诧异地转过头："咋了，不会是老师让叫家长吧？"

茉莉摇摇头，从床上爬起来，神秘道："咱们楼有个女的跳楼自杀了，你知道吗？"

"知道，隔壁老太太喊了一整天，见谁跟谁说，好像她老伴儿发现个死人是件惊天动地的大事……唉，真晦气。"

"那你知道那个女的是谁吗？"

"不知道，警车一来就把人拉走了，这楼又没电梯，连做笔录的都懒得往上爬。"老妈停下手中的活，微微浮肿的眼睛望着茉莉，似乎以为她知道答案。

"我也不知道！"茉莉哈哈一笑，又趴回床上。

"唉，管她是谁，这楼可真晦气！"老妈咂了咂嘴，瞥了眼电脑屏幕，低下头继续绣玫瑰。

5

茉莉不看新闻，只要听听周围人在议论什么，就能知道石头城的最新动态，还挺方便。今天校园里大多数学生都在议论那个跳楼自杀的女人，不过和大人们不一样，茉莉的同龄人更关注高空坠落的感觉和摔得稀巴烂的尸体，尤其是那些喜欢看鬼片的男生，编出的故事层出不穷，就跟真见过似的。

茉莉觉得他们幼稚，不像自己，会思考大人们思考的问题：那个女人是谁，她为什么要跳楼，是自杀还是他杀？想到这儿，茉莉觉得自己适合做刑警，或者私家侦探。不过两节课后，茉莉改主意了，她想开一家蛋糕店，因为今天同班的小英过生日，她爸送来一个三层大蛋糕，简直是茉莉这辈子吃过的最美味的东西。

快放学的时候，刘奶奶的孙子来找茉莉，说他奶奶昨天误会茉莉买西瓜糖没给钱，其实是他把钱拿走买文具了。茉莉摆摆手，很大度地笑了一下，其实心里狠狠呸了一声，骂刘奶奶是个老年痴呆。放学之后，她特地跑进小卖部，在刘奶奶眼皮底下晃了老半天，等老人给个说法。

"茉莉啊，不买糖就别在这儿站着，成不？"刘奶奶满脸皱纹都堆到一起了，分不清是喜是怒。

茉莉以为她忘了昨晚的事，于是动作幅度很大地掏出口袋里的一元钱，丢进纸盒里，又拿起一罐西瓜糖，用力摇了摇。刘奶奶没理她，径自从柜台后边走出来，找门口的老太太聊天去了。

她们还在议论那个跳楼的女人，孙奶奶也在。茉莉走到门口，找了个小板凳坐下，假装和一群小学生看动画片，耳朵竖直了听着她们音量偏大的窃窃私语。

听了一会儿，茉莉有点失望，因为她们说的内容几乎和昨天一模一样，当孙奶奶说到她老伴儿发现尸体的时候，连打比喻的词儿都没变："哎哟！他嚷嚷台子上开出朵大红花来，像朵大玫瑰一样！我跑去一看，不得了啊，那分明是个摔得稀巴烂的人！你们不知道她摔得有多惨，脑袋都没形状咯，血溅得到处都是，今天中午还有人打扫来着。啧啧，幸好那女的摔在一楼台子上了，要摔在地上，这进家门还得擦鞋嘞！"

其他老太太边听边摇头，似乎对孙奶奶的遭遇感到同情。茉莉跟着摇了摇头，心想孙奶奶讲得真恶心，今天晚饭要少吃一半了。

6

茉莉边爬楼边整理今天听到的故事，想在老妈面前好好炫耀一番，不料到五楼的时候，听见老妈在和后爸吵架，声音越来越高，直到整栋楼都被老妈尖锐的嗓音占领了，茉莉哆嗦一下，怪不得底下几层这么安静，原来都在寻找茶余饭后的谈资。

爬到六楼，茉莉在门口站了一会儿，听见老妈用带着哭腔的声音说："王大牛啊，我在你一无所有的时候跟着你，为了让你有钱做生意，连店铺都卖了，你说我到底图个什么？啊？你还好意思嫌我丑了，嫌我花你钱了？"

老妈只要一哭，后爸准没声了。等到两人都安静下来，茉莉才敲门，老妈拖着脚步走过来，在门那头停顿了一会儿，大概在擦眼泪，然后才把门打开，说了句："洗洗手吃饭吧。"

茉莉看了看老妈的脸，走进门，又看见后爸站在阳台上抽烟，自觉闭上嘴，吃了一场鸦雀无声的饭，之后，后爸出门不知道去哪儿了，一晚上没回来，老妈就在卧室里一边绣玫瑰一边哭，韩剧的声音都盖不住她的抽泣声。

茉莉上厕所时偷偷从老妈的门缝里望了一眼，刚好看见台灯下红艳艳的玫瑰花，跟泼了血似的红。她悄悄推开门，看见老妈依旧坐在电脑前，手里捧着新买的十字绣，一大把玫瑰已经绣了五六枝。

老妈听见动静，转过头，一双眼睛肿得不像话，茉莉见了，突然就心疼了，走过去抱住老妈的脑袋，来回蹭了蹭。老妈抓住她的手，努力将眼睛睁大，带着浓浓的鼻音说："茉莉啊，这么晚了，你咋不睡觉啊？"

茉莉的心被揪得一阵一阵疼，抱着老妈不肯松开，老妈由她抱了一会儿，然后叹息一声，硬是将茉莉的手扒开，低下头继续绣玫瑰。

后半晚上，母女俩就在电脑前坐到天亮，茉莉听着不感兴趣的韩剧，看着老妈一针一线地绣玫瑰，红色的棉线像水流一样来去自如，又像固执的老女巫，骑着针头似的魔法扫帚在那片区域里来回打转。茉莉不知道老妈为什么喜欢上了绣玫瑰，只知道老妈绣玫瑰的时候，眼睛总是亮亮的，大概是泪水，大概是别的什么。

7

好在第二天是周六，茉莉熬通宵之后一头栽倒在床上，呼呼大睡，一直睡到中午，闻到饭香味了才爬起来，然后一身邋遢就坐上饭桌，接过老妈递来的筷子，狼吞虎咽起来。

下午老妈带茉莉上街买鞋子，回家时路过刘奶奶的小卖部，茉莉眼珠子一转，拉着老妈就往小卖部走，说是要买西瓜糖，其实想趁机抖一抖前天被冤枉的事，让刘奶奶难堪一下。没想到还没进店门，就听见刘奶奶又在和人议论那个跳楼的女人。

周末店里没小孩，老人声音大得就像敲破锣一样："是啊，孙大姐自己说的，就摔在他们家楼下了！"刘奶奶周围的人换了，依旧是一群满脸皱纹的老太太，却没有孙奶奶的影子。

茉莉还没来得及提前天的事，老妈就将钱放进纸盒里，拿了罐西瓜糖准备走。茉莉急忙回头大喊一声："刘奶奶好！"那边的老人闻言看过来，老妈只好停下，朝她笑了笑。

刘奶奶堆起笑容，不咸不淡地说："茉莉的妈啊，好久不见啦！"

老妈点点头："呵呵，是啊，我还要做饭，先走了啊。"

茉莉又没来得及说话，就被老妈使劲拽了出去，商店里的老太太们安静了一会儿，茉莉和老妈还没走远，就听见刘奶奶压低嗓子说："那个，就是王大牛又娶的老婆，我跟你们说过的……"

后面的话茉莉没听清，因为老妈狠狠瞪了她一眼，咬牙切齿地说："你这个死丫头，真晦气！"

偷鸡不成蚀把米，茉莉一路噘着嘴，爬上六楼，老妈正拿钥匙开门，背后孙奶奶家的门忽然"咔嗒"一声开了，老妈的手顿在口袋里，回头看了一眼，映入眼帘的是一大束鲜红的玫瑰花，就像她还没完成的那幅十字绣。

孙奶奶抱着玫瑰花探出身子，和老妈对视了一眼，立刻将眼睛挪到一边，皱巴巴的嘴唇动了动："这花……放在你门口，我担心别人拿走，就替你收起来了。"说完，手往前伸了伸。

老妈半晌才反应过来，却忘了接住，整个人都像着魔了一样僵在原地，"孙阿姨……这花……是谁送的？"

孙奶奶说："里面有卡片呢，你自己看吧。"

茉莉感觉老人的表情有些古怪，凹陷的双眼发着红，将花束递过来时，枯瘦的手指微微发颤，仿佛刚做了一场噩梦，至今都心有余悸。

老妈还愣着，茉莉想替她把花接过来，却光顾着看老人的脸，没注意手边，一大束玫瑰倏地掉在地上，红艳艳的花瓣摔得七零八落，满地都红了，孙奶奶忽然倒抽一口气，眼睛瞪得浑圆，茉莉被她的表情吓了一跳，还没反应，老人突然退进屋里，"嘭！"一声把门砸上。没一会儿，门里传出一声哭号，凄惨得如同被人从十八楼扔下去一样。

茉莉吓傻了，转过头看老妈，可老妈的全部注意力都在玫瑰花上，如获珍宝似的将沾了灰尘的玫瑰拥进怀里，激动地盯着卡片。

茉莉看着老妈，看着她开心地捂着嘴笑，忽然就和她一道开心起来。谁要管孙奶奶发什么疯？只要老妈心情好，今天晚上就能吃上糖醋排骨、红烧带鱼、油焖大虾……光是想想，整个世界都变得无比美好。

<h1 style="text-align:center">8</h1>

有个女人跳楼自杀了，石头城的街巷里议论得风生水起，不过两天之后，议论重心就转向那个女人的老妈。

"据说老太太逼着她嫁人！"

"是啊，那女的都怀了孩子，又让老太太说着去打了。"

"想不开也不能跳楼啊，年轻轻的，才三十出头吧？"

"都怪老婆子心狠，把自己女儿往火坑里推！"

茉莉从小卖部的柜台上拿了一罐西瓜糖，见刘奶奶正和人议论得热火朝天，心里忽然冒出一股酸味。她摸了摸口袋，又瞥了老人一眼，装模作样地把手从纸盒子上挥过去，转身就跑，脚底抹油一般飞奔回家。

今天楼道里格外安静，茉莉攥着西瓜糖兴奋不已，上两级台阶就蹦跶一下，进了家门，却发现老妈和后爸没等她，已经把饭吃了一半，她顿时气愤起来：不就送了束玫瑰吗，高兴得都把我给忘了！一边气愤一边上了饭桌，看见剩了一半的红烧鱼，油漉漉的，顿时又高兴起来。

老妈心情好，一整天都没说什么东西晦气，也没看韩剧，十字绣全扔在沙发角落了，茉莉悄悄把她之前绣好的大玫瑰拿进卧室，捧着看了看，觉得挺美，晚上睡觉时盖在身上，希望做个好梦，可大半夜的，对门孙奶奶突然号了一嗓子，就像菜刀砸脚上了，茉莉不满地挤了挤眼睛，蒙住脑袋继续睡。

第二天是周一，要上课，茉莉出门时还对着孙奶奶的门翻了个大白眼，在肚子里骂她昨晚上抽风，没想到下午一回来就看见孙奶奶坐在楼底下，面色惨白，像具尸体。

茉莉小心翼翼地绕开她，上了二楼，听见屋子里的男人在打电话，说自己真晦气，住在死了人的楼房里；上了三楼，听见屋子里的女人在和老公吵架，说这栋楼真晦气，要带着小孩搬家；四楼的门敞着，两个女人站在门口说悄悄话，见茉莉上来，齐齐闭上了嘴巴；五楼的电视机声音依旧超大，成功盖过整栋楼的动静。

茉莉走进家门，见老妈脸上挂着笑容，饭桌上摆着烤鸭，立即兴高采烈地扑过去，伸手要抓干煸鸭架，却被老妈拍了一下手背，"等你爸回来再吃，馋死猫！"老妈呵斥道。茉莉揉了揉手背，闻到烤鸭的香味，脸上的笑容和老妈一起开出朵花来。

吃晚饭时，后爸问道："楼下的老太婆是谁？一直哭丧着脸坐在那儿，怪吓人的。"

老妈说："对门的孙阿姨，别提了，多晦气！"

后爸一听"晦气"这个词，立马闭嘴了，做生意的人就怕晦气，何况老妈前阵子一直把晦气挂嘴边，好不容易耳根清净，不能提。

但茉莉就奇了，孙奶奶有啥晦气的？刚想问个究竟，老妈自己又把话接上了："她自个儿作的！楼下摔死个人，她到处跟人说，你没听到她那得意劲儿！那群老婆子都爱作，你放个屁也能扯到你全家的幸福指数，现在好了吧，摔死的是她家女儿，哭瞎了都快！"

茉莉和后爸同时"啊？"了声，茉莉急忙问："你听谁说的？"后爸也问："她女儿跳楼，她咋能不知道呢？"

老妈扬起下巴，往椅背上一靠，说道："那对母女矛盾深着呢，平时基本不联系，各过各的，谁知道孙姨做了什么要命的事，让那女的大老远跑到她娘的楼顶上往下跳，死也不让她安宁！"说到这儿，老妈顿了顿，又叹了口气，"唉，真晦气，对门要不搬走，这楼就没法住人了！"

9

还真叫老妈说中了，一周之后对门的孙奶奶就搬走了，留了一箱玩具送给茉莉，茉莉高兴得恨不得长条尾巴冲孙奶奶摇，结果老妈一个凶巴巴的眼神，她又把箱子推回去了。

自从孙奶奶离开小区，整个石头城都变安静了，连一向多嘴的刘奶奶也不再跟人议论，天天端着小板凳和门口的小学生一起看动画片，时不时发出难听的笑声。茉莉也再没找到机会偷西瓜糖，因为刘奶奶的眼睛太小，茉莉分不出她在往哪儿看。

但楼房还是那么不隔音，茉莉总能听见议论孙奶奶的声音，不过半个月之后，大家谈论的话题又转到一个弹棉花的小伙子身上，据说那个人追过孙奶奶的女儿，现在每晚都坐在楼下发呆，两只眼睛望穿秋水。

茉莉回到家时，看见老妈又开始做十字绣，眼眶湿湿的，嘴里还念叨着那个弹棉花的小伙子："唉，真是个痴情的人，要是王大牛能有他一半就好了……"

茉莉望着红艳艳的玫瑰，叹了声气，又扫了眼饭桌，整个人都跟着伤感起来。

"唉，真晦气！"茉莉咧开嘴，喂了颗西瓜糖进去。

清凉的味道沁人心脾，顿时又感觉什么烦恼都没了。

（发表于《西部》2015 年第 4 期）

人鱼之歌

1 女声：勇敢的心

我是一只人鱼，一只不太合群的幼年人鱼。

我会用"不合群"这个词形容自己，完全是因为那些自以为是的人鱼小鬼，他们成天在海底玩各种各样的游戏，却永远不让我加入，不仅如此，他们还故意在我面前放声大笑，向我展示他们玩得有多开心。在我听来，那些愚蠢的笑声就像是蛤蟆在打鼾。

在我鄙视他们的同时，也许该解释一下为什么我会被冷落。原因很简单：我不会唱歌。这个理由放在谁身上都不会成为被孤立的原因，但在"音律人鱼"身上就不行。

鱼如其名，既然有这么个种族名称，就必定有它的特殊之处，音律人鱼的特殊，就在于他们拥有海洋世界最美的歌喉。

而我的声音，却沙哑得像枯叶破碎。

一只音律人鱼，只能发出让人厌恶的嘎吱声，不被嫌弃才怪。但这一切都是报应，我自嘲地笑笑。

音律人鱼的歌声已不是海洋守护的秘密，自从陆地人发现了海底的天籁之音，巨大的渔网便像海浪，不断在水下翻腾。

居住在西方的音律人鱼惊恐地赶往东方的海底王宫，那年我六岁，记忆像深入骨髓的伤疤。

正在迁往东方的途中，每天都能听到父母唱歌的我央求妈妈唱歌，她把我抱在怀中，一边抚摸我的脸蛋一边说到了王宫就给我唱，我不肯，就像所有闹脾气的小孩一样噘起嘴，从她怀里跳出来，大喊妈妈不唱我就不走！爸爸生气了，不懂事的小孩最可气，他来拉我，我就蹿到海草里藏进石缝中，看他在石头外面干瞪眼，我在里头做鬼脸，然后，大海蛇打在他身上，我笑起来，笑声撞上爸爸恐慌的眼神。他被无数条海蛇捆住，它们把他撞向岩石，他的鱼鳞撒在我面前。我呆呆地看着亮晶晶的鱼鳞，耳边尖叫此起彼伏，无数张狰狞的脸在我面前摇晃。那不是海蛇，是渔网。两张从天而降的网，将爸爸拖向左边，妈妈拖向右边，我在中间，血和鱼鳞围着我旋转。

那是最后一场灾难，我的父母是最后的牺牲品。如果他们还活着，能不能再遇见对方，能不能来找我？我曾这样跟自己开玩笑。玩笑，因为我知道，那些为人类唱歌的鱼儿，在灯光下慢慢干涸，被空气腐蚀面容，疲劳的喉咙逐渐暗哑，失去生命之神的庇佑。最后，萎蔫的蔷薇，在夕阳中凋零，孤独，不凄美，没有葬礼，只有尘土和腥臭。

是我害死了父母，所以上帝让我闭嘴，让我不能哭闹，所以我唱不出歌，我没有心。如果我不拖累他们，一直向前游，渔网就追不上父母，所以我不出声，只是向前游，一直游，视线里没有尽头。

就这样漫无目的地随波逐流，我穿越了水母原野和珊瑚林。海水变成淡淡的天蓝色，等我回过神来，已经漂到了浅水区，只要轻轻甩起粉色鱼尾，就能把头露出水面。东方的水域十分宁静，充满安全感。当我想象着海面上白色的帆船和海岸上整齐的房子时，映入眼帘的却是一望无际的海滨和一座孤独的别墅。

别墅背朝大海，后花园的池塘与海水相连。我想那是我见过最美的地方，仙境般的花园，第一眼，五彩缤纷的鲜花就让我不顾海神的训诫，迫不及待地接近那里，想仔细看那只属于陆地的奇特花朵。我钻过栅栏，潜入这户人家的小池塘，露出脑袋，静静观察人类的世界。

不怕被发现，不怕有人抓我，不怕死亡。我这么大胆的举动是有理由的，即使我死了也不会有人伤心，说不定我这会儿不在王宫也没人察觉，少一只不会唱歌的废物人鱼，应该是一件轻松愉快的事情吧？

视线跨越淡雅芳香的花朵，我看见蜿蜒的长廊，宽大的落地窗，阁楼上的阳台，还有墙壁上的人鱼浮雕，没想到人类会在自己的建筑物中雕刻人鱼，多么奇怪，我却望着灰白的大理石雕像失了神。栩栩如生的人鱼坐在石柱上，张着嘴，好像在唱歌，却没有声音。我觉得自己似乎就是那石像，喉咙被干燥的空气困住，身体僵硬得快要碎裂。

突然，花园的草丛里传来沉闷的响声，我警觉地扭过头，停顿片刻，我一头扎进水中，敏捷地钻出栅栏，游回海洋。

说好天不怕地不怕，结果真的发生什么时，我却逃得这么快。

大海是人鱼的家，但我找不到家的感觉。

自从发现海边别墅，我一刻也停止不了想回到那儿的冲动。"回"，那里明明不是家，却让我如此依恋。也许，它是一个孤独的巨人，静静坐在海边，和我一样需要有人陪伴。那里的人鱼浮雕，和我一样寂寞，也许我们能坐在一起聊天。

今天，我听到了同伴的歌声。海神说，他会挑选歌声最动听的人鱼做人鱼王子的新娘，于是那些和我一起被送到王宫的音律人鱼开始练习神曲，她们的声音像温柔的水母，轻轻掠过我的耳畔，我站在大厅外，屏息静听她们唱歌。

音符，像一颗圆润的种子，落进我心里。我也想唱，唱出和她们一样美妙的声音。我张开嘴，发出沙哑的低鸣，声音难听得像海草被扯断时发出的惨叫。更丢人的是，这些噪音被她们听得清清楚楚，引来一阵嘲笑声。我的脸红得像盛满葡萄酒的玻璃罐，恨不得变成一个气泡，飞速上升到海面，然后凄惨爆裂。

如果只是嘲笑，我忍了，她们居然跑出来围观，让我再怪叫一次。我没有怪叫，我在唱歌！我怒气冲冲地吼起来，音调离谱得像钢琴断了弦。她们又笑起来，说我真听话，再叫一次。我垂下眼，努力把眼泪憋回去，转身以自己能达到的最快速度游离王宫。

那是我第一次渴望唱歌，想冲破上帝对我的诅咒。

海神说，歌声是音律人鱼的符号，心地越善良的人鱼，唱出的旋律越动听。我一定是个穷凶极恶的海霸，才会发出那种能吓走无辜小朋友的噪音。

我一直向前游，像不知疲倦的珊瑚虫，不停摆动粉色鱼尾。途经水母原野，我不小心缠上带刺的水母触手，手臂上冒出一串小血珠，它们活泼地在水中扩散，完全不懂我的心痛。

跌跌撞撞游到珊瑚林，我焦躁的尾巴擦到了崎岖的珊瑚表面，我大叫一声，抚着发红的鱼尾，几片鱼鳞在海水中闪着光旋转。

血，鱼鳞，旋转，所有痛苦的事情把我逼上绝路。为什么要对我这么残忍！爸爸，我不会再逃走，来抓我吧，和妈妈一起带我离开这里！我要和你们一起蒸发，就算只有尘土和腥臭。

我跃出海面，掀起海浪，在日光下翻腾。我含住空气，喉咙传来刺痛，我要毁了这个不争气的嗓子！我甩开鱼尾拍打海面，海水冲刷我的身体，让它撕烂这只会发光的鱼鳞！

　　狂风暴雨过后，总会迎来海阔天空的寂静。我无力地浮在海面，阳光洒在肚皮上，这下轻松多了，终于发泄完了……

　　仙境花园的影子浮现在眼前，也许只有那里能暂时抚平我的创伤。于是我忘记疲惫，向海岸边的别墅游去。

　　"哗啦"水花四溅，我跃出池塘，坐在一块大石头上，在温暖的阳光下查看胳膊上的伤口。雪白细腻的皮肤和淡金色长发，我的影子倒映在池塘里，鱼鳞闪着晶莹的光。

　　在我坐着的石头下，新长出一朵粉色小花，和我鱼尾的颜色一样。小花看起来那么娇柔，似乎刮一阵风它的茎就会折断。我不禁俯身摸了摸它的花瓣，低声道："你那么弱小，干吗要长出来？艰难地活着还不如乖乖保持种子的形态睡在土壤里，那样多舒服！"这句话大概是说给自己听的吧，我宁愿没来到这世上，也不愿像现在这样落魄。

　　天空纯净得像一块琥珀，我仰起脸，举起双手伸向天空。啪嗒，一滴水珠落在石头上，下雨了吗？明明是万里无云的晴天，哪来的雨？啪嗒啪嗒，我的睫毛越来越湿，都快粘到脸上了。不是雨啊，是我的眼泪。

　　"奇怪？"我一边啜泣一边胡乱抹掉泪珠，"不争气的眼睛，要和喉咙一样让我丢人吗？"豆大的泪珠不停地砸下来，我终于放弃试图阻挡它们，任由眼泪如暴雨般倾泻。

　　为什么要哭，因为我无法歌唱，因为我被同伴嘲笑，因为我无人可依，因为在这个寂静的花园，没人会听见我的哭声。

　　哭吧，哭吧，把心里的不开心都哭出来，不要憋坏自己。于是眼眶越来越肿，肚子上的肌肉因为抽搐得太频繁而酸痛不已。

突然，不远处传来歌声，轻盈的乐符从我头顶飘过。

是谁在唱歌？我收住狼狈的眼泪，努力睁开双眼。是这花园的主人吗？我用尾巴顶着地面，努力撑起上半身，朝阁楼上那扇敞开的窗户眺望，窗里飘着海蓝色的布帘，根本看不见有谁在那。

很快，我被优美的曲子吸引，不再费力寻找声音的源头，只想静静享受这首歌。

那是男孩子的声音，像清晨绿叶上的露珠，清澈圆润。他的歌声比海底的音律人鱼要好听千百倍。明明是清唱，却仿佛有天使在为他伴奏。我趴在岩石上，暖暖的阳光铺在背上，空气里弥漫着花儿的清香，耳边萦绕着他的歌声。

好想见见这声音的主人，他是一个怎样的人类？

这里有美丽的人鱼石像，还有人代替石像唱出动听的旋律……渐渐地，我睡着了，也许是哭累了，也许是被男孩的歌喉带入梦乡。

回到海洋，我依旧陶醉在美妙的旋律之中。那个男孩的声音，像一阵清爽的气流，在我身体里回荡。于是，我用超凡的记忆力，小声念起歌词，小声哼出曲调。我学着他的语气，把那首歌完整地唱出来。

这是我第二次试图唱歌。虽然声音沙哑，但音调很准！我兴奋地握紧拳头。

次日，我再次游到仙境花园。"谢谢你！"我跳上池塘边的石头，朝那扇窗户大喊。不管你是谁，不管你能否听到，我大声地道谢，我喜欢你的花园，喜欢人鱼浮雕，喜欢这里的一切！

微风卷起草叶，送向天空，淡金色的长发在风中飞舞。相信我的声音，会跟着风飘到每一个角落，也许会有那么一缕，把我的心声送到他耳边。

之后，只要来到花园，拍打水花告诉他，我就能听见悠扬的歌声，从那扇窗户中传出。同一首歌，我却永远听不厌。

小鸟站在栅栏上，轻轻梳理翠绿的羽毛。我笑起来，在池塘里旋转，旋转，原来这个词可以变得欢快；我的鱼鳞在水花中闪光，鱼鳞，原来它可以耀眼得令人如此喜悦。我和着他的声音轻声唱，他不在意我沙哑的嗓音，于是两种声音，在仙境般的花园中游荡。

恍惚之间，我看见人鱼浮雕在微笑。是啊，她发不出声音，但她张着嘴，从没放弃过歌唱。所以她快乐，她的心在唱，所有旋律都在心里发芽，终究绘成嘴角的笑意。

"能让我看看你吗？"那一天，我小心翼翼地说出按捺已久的愿望，他的歌声却突然消失，花园变得寂静。我惊慌地跳上岸，语无伦次地向他道歉。如果无法见到你也没关系，请不要陷入沉寂，因为，你的声音是你在我身边的唯一证明，请不要让它消失！

许久，没有回应。我焦急地跳进石子路，鱼尾在鼓起的石子上擦出伤痕。

"快回去！我会继续唱的。"我听见他的声音，突然间，胸口不再发紧，我闭着眼睛感谢上帝，我差点儿以为我被抛弃了。我真傻，怎么可能呢？一定是因为我的愿望伤害到他了，我再也不会说那样的话了。

他继续唱歌，但声音里，混进淡淡的忧伤。

明亮的月光为海面增添柔和的轮廓，海边的别墅灯火辉煌，倒映于海面变成童话中的宫殿。我悄悄钻过栅栏，把几颗又圆又亮的珍珠用树叶包好，系上一朵小花，作为礼物放在石头旁。它们是我花了几天时间，把海底的蚌壳堆翻了个底朝天才找到的。

走时，我望着阁楼上那扇微微发亮的窗，轻声道谢。我从这里得到的实在太多了，哪里是几颗珍珠就能报答的。我竟舍不得离去，如此渴望他的声音，胸口隐隐发烫。我想，我爱上他了，那个我一面都未见过的男孩。

刚迈进海洋王国的大门，我便被一群人鱼士兵围住。惊恐地后退，却撞进一个温暖的怀里。是海神大人，他用和善的口吻说："我的小人鱼，再迟就赶不上今晚的宴会了。"

差点儿忘记，海神说过今晚有个盛大的宴会，为海底所有音律人鱼举办的，充满音乐和舞蹈的盛宴。

我来到会场时，所有人鱼都在高歌，音符在我身边跳跃，使我心间悸动不已。忽然，几只音律人鱼将我推向舞台，她们似乎还要捉弄我，不停地大喊："唱歌！唱歌！唱歌！"

变色鱼发出五颜六色的光，他们围绕着舞台摆动。台下喊"唱歌"的声音越来越大，越来越整齐，竟让我有一种大家在为我助威的错觉。

不管是助威还是捉弄，我绝不会胆怯。人鱼浮雕即使无法出声也会微笑，我有什么资格退缩？如果沙哑是我的特点，就让众人来听听这海底独一无二的声音吧！听听那首，我爱的人教会我的歌！

我张开嘴，喉咙不再干涩。
水中波澜微荡，世间万籁俱静。
我唱出海洋里从未有过的旋律，我的声音变成翱翔在天空的海鸥，宁静祥和，自由蓬勃。我为黑暗咏唱，是它教会我如何追逐光明；我为黎明献歌，是它让我领悟生命的勇气。我从没这么快乐！

音律人鱼的歌并不是单纯的音乐，而是发自内心的感情，牵动万物的心弦。我闭上眼睛，在深蓝的海水中谱写属于自己的奇迹。

午夜时分，钟声响起。我从歌声中苏醒，金色的眼眸缓缓睁开。片刻，台下爆发出热烈的掌声，他们为我鼓掌，对我的歌声给予肯定，这景象却让我不知所措。

海神上前牵起我的手："海洋王国里歌声最美的音律人鱼就在这里，她将成为人鱼王子的新娘！"我错愕地捂住嘴，慌忙抽回手，众目睽睽之下逃离王宫。

2 男声：逆天而行

从窗户眺望无边无际的海洋，望得越久，越是感到自己渺小如尘土。

在这座空旷寂静的别墅里，住着我和母亲两人。我出生之后不久，母亲被同乡人驱逐，被逼无奈逃离故土。别墅像遗世独立的巨人，默默盘坐于海边，伴我们过着不问世事的生活。

母亲从不提起往事，我也从不过问，我大概明白，那是她不愿揭开的伤疤。

还好，我习惯了独处，痴迷于藏书室中古色古香的书籍。那些皮面烫金的书有成千上万本，我孜孜不倦地翻看，它们陪我度过童年，又催我消耗少年时光。

还记得小时候，我和母亲走过崎岖的山路，跨过蜿蜒的小溪，到一个富饶的镇子里购买生活用品。那是我唯一接触过的"外界"，人声鼎沸的街道，琳琅满目的商品，所有一切都在吸引我。然而，当母亲走进一家小店时，老板却摆出厌恶的嘴脸。他狠狠将母亲推出门，施舍般扔给她一袋大米。

"你干什么?!"我怒吼着冲过去，却被母亲一把拽到身后。母亲捡起地上的大米，一边说谢谢一边递钱给他，他却一巴掌拍开母亲的手，恶狠狠地说谁会收那晦气的东西!

母亲拉我离开，我用诅咒地眼神瞪那个人，母亲却扳回我的脸，告诉我"他不是恶人，收回吓人的眼神"。但我始终按捺不住怒火，如果再有人欺负母亲，我一定会把他打得满地找牙!

于是，我真的动手了。在一个卖水果的矮胖大叔骂母亲"老巫婆"时，我跳起来一拳砸向他的鼻梁。幼小的拳头什么力量也没有，那人却揪起我的衣领将我甩进杂物堆，抄起铁锹大喊小杂种!母亲慌忙抓住男人的手臂，险些拦不住他，情急之下母亲大叫:"我丈夫会惩罚你的!"一句话而已，那人居然停下手中的动作，咬牙切齿地将我们轰出店铺。

母亲在撒谎。她说过我没有父亲，现在又把这个不存在的人搬出来，两句话中必有一句谎言。父亲到底是什么人，他强大到会让人畏惧吗?我不想追问母亲，她提到"丈夫"时那痛苦的神色在我脑中挥之不去。

最少，我学到了，人类是丑陋的。初来乍到时的新鲜感丧失殆尽，外表艳丽的地方却藏满污垢，让人闻到这里的空气就想呕吐。我捂住口鼻，一层阴霾蒙上双眼，从未感到如此憎恶。而这被我憎恶的地方，是母亲曾经的故乡。

那之后，我不顾母亲劝阻，坚持让她待在家中，一切生活用品都由我去买。书中的世界是虚假的，如果现实如此肮脏，就让我独自一人承担，那个我最珍爱的母亲，远离那些欺侮您的恶棍，让我保护您吧！

原来，孤寂的别墅是守护我们的壁垒。我渐渐爱上这海边的巨人。

和煦的海风拂过脸颊，我坐在花园的大树上眺望海景。汪洋大海总是深深吸引着我，母亲却不让我接近它。我曾在盛夏偷偷跳进池塘，钻过栅栏游进海里，全身被海水包裹，让我获得前所未有的安全感。

我一直以为花园是我的私人领地，不料一个奇怪的生物闯进来，打破了这片宁静。

那个生物有人的上身和鱼的尾巴，我在书中看到过，它叫"人鱼"。

也许我不该用"它"而该用"她"。她真的很美，淡金色长发如朦胧的月光，洁白的肌肤如海底的珍珠。当她鬼鬼祟祟地露出头时，我竟以为自己碰见了摄人心魂的水妖。

这应该是她第一次见到陆地，脸上写满好奇。她的目光不停地在周围打转，最后痴痴地凝望着墙壁上的人鱼浮雕，大概因为浮雕和她一样有条鱼尾巴。

几只蝴蝶在她肩头旋转，水中发光的鱼鳞迷幻了我的双眼。世间居然存在如此澄澈的生命！那些光驱散我眼中的阴霾，使我魂不附体。失神间，脚下一滑，我从树上跌落，沉闷的响声惊吓到那条人鱼。

我掉进草丛看不见她，只听得一阵水花声。她逃走了。强烈的失落感涌上心头，我感觉自己像个混蛋，居然吓走那么美丽的生物。

自从人鱼离开视线，我一刻也停止不了想再见她的冲动。她那么耀眼，仿佛油画中走出的天使，把我阴暗的身影照亮。也许我们是黑白两面，从一开始就牵引出羁绊。

既然她胆子那么大，敢跑进人类居住的地方，我相信她还会再来。于是，我每天坐在阁楼的窗前，一边看书一边等待。

今天，我穿过森林和小溪，到达那个令人不快的小镇。买好东西，快步往回走，以最快速度远离镇民们蔑视的眼神。

然而，狗屎这类东西，越是小心翼翼就越容易踩到。走到小溪前时，我被三个高大的少年围住。"杂种，别再进这个镇子了！"他们扯着我的头发，把我按进溪水。杂种，这个词快把我的耳朵磨出茧来了。

这就是社会，我生存的地方。如果每个角落都淤满黑暗，它们用触手拉扯我的膝盖，我也绝不会下跪！我从他们胯下逃开，举起粗木棒反击。在弱肉强食的世界里，学会以坚强的外表武装自己，因为这里没人会听你啜泣，没人可怜你，只有欺软怕硬的孬种。

回到家，母亲见我遍体鳞伤，抓狂的眼泪倾泻而出。我只说在山间摔倒，她却不断说"对不起"，湿润的嘴唇亲吻我的脸颊，颤抖的双手搂着我紧紧不放。就算有人做错事，也绝不会是母亲，这世上唯一不可以道歉的，只有母亲。

看到她哭得如此狼狈，我的心不停地抽搐，但我坚定地推开她，拭去她的泪。如果这是上天注定的命，我决不妥协，就算结果是化为灰烬，我也要逆天而行！

静静坐在阁楼上，突然间开始自嘲。说什么逆天而行，还不是忍辱负重？我这么弱小，一朵海浪都能拍死我。

水花四溅的声音传来，那只人鱼真的又来了！心里一阵惊喜，鼻腔却有点酸涩。我现在浑身是伤，内心万分无助，她偏在这时现身，好像专程过来安慰我。

她大胆地跳上石头，优美的身影倒映在清澈的池水中。为了更加了解她，我翻阅过许多关于人鱼的典籍。她很有特点，两只耳朵像小鸟的翅膀，由羽毛状结晶组成，这是音律人鱼特有的体征，喜爱唱歌的种族。

她忽然俯下身，对一朵小花说话："你那么弱小，干吗要长出来？艰难地活着还不如乖乖保持种子的形态睡在土壤里，那样多舒服！"好像在说我。可能毫无关联，可我心底的怯懦，被她毫无保留地袒露出来。

她将双手伸向天空，像一只期待飞翔的鸟儿。我发现她的手臂上有一串小血珠，再仔细看，她的鱼尾也红通通的。被人欺负了吗？我握紧拳头。

她发出啜泣声，渐渐，泪水像雨点般密集，每一滴都打在我的心上。在不幸面前，我们有权哭泣。我以为我的灵魂干枯得挤不出一滴眼泪，而现在，眼泪却通过她的眼眶流出。

远方的夕阳疲倦地散发余光，她依旧在哭泣。再哭下去会把那双漂亮的眼睛哭坏吧！我不知所措地望着她，脑海中突然掠过一首歌。那是小时候母亲唱给我的，无论是生病还是做噩梦，都会给予我鼓励的歌，叫作《勇敢的心》。

我拉上窗帘，轻哼旋律，古老的歌谣飘进她耳朵：

> 告诉我，为什么，你能在困境中微笑？
> 告诉我，为什么，你会在逆境中成长？
> 你无言地教会我坚强
> 教会我，拥有一颗勇敢的心脏

我无法阻挡你的眼泪
我无法触摸你的悲伤
但我会一直在你身旁
你知道我在为你歌唱

她的哭声消失了，在聆听吗？

你将平安无事，因为有我祈祷
我将永葆活力，只为你而存在
我会在风暴中为你护航，毫不畏惧
因为我知道，你就是我勇敢的心脏

她睡着了，小小的半身趴在岩石上，头发如精心纺织的丝线，铺散在身边。好美，任谁都会如痴如醉。

我轻轻走进花园，慢慢接近她，却被一只手拉住。母亲站在身后，眼里闪烁着捉摸不定的神色："不要打扰人鱼。"我疑惑地看着母亲，她耳边的发丝有些发白，憔悴的面庞将我拉回现实。

没错，我怎么如此冒失。海洋里一定很纯净，那里没有复杂的社会，那里的子民拥有纯洁的内心。而人类的世界污秽不堪，我若接近她，就是带给她黑暗与肮脏。她美丽纯洁，像笼罩着光环的天使，我没有资格接近她。

第二天，她来向我道谢，有些干涩的声音被微风卷起，温柔地在我耳边旋转。这里应该道谢的人是我才对，你的到来，对我犹如黎明的第一缕光，随时间扩散，照亮整片阴霾。

之后，她经常来花园玩耍，拍打水花告诉我她来了，然后趴在石头上等我唱歌。她爱上这首歌了，看到她在池塘中翩翩起舞，我好开心。只要为了你，千遍万遍我也会唱下去，声音永远不会干涸。

今天，在去小镇的路上，我被狗熊袭击了。

其实在见到那一幕时，我可以静悄悄绕开，狗熊盯着一个孩子，完全没有发现我。我的脚却像灌了铅一样驻在原地，那是镇里的孩子，他的死活与我无关，但在小孩哭喊"妈妈救我"时，我居然冲过去一把抱住他，熊掌擦过我的后背，尖锐的指甲划烂我的肩膀。

猎枪声响起，狗熊应声而倒。几个男人从远处奔来，男孩钻进一个人怀里，颤抖道："爸爸我好怕，大哥哥救了我……"

鲜血顺着胳膊往下滴，视线模糊，最后漆黑一团。

再次睁开眼时，海蓝色窗帘随风荡漾，我躺在自己的房间里。母亲坐在床边，眼眶湿润，却在微笑。大概，这是我身上唯一能让她欣慰的伤口。

小镇里有人送来水果蔬菜、大米和肉类，都是天亮前莫名出现在门口的。他们不敢与母亲直面，因为他们不知如何道歉，不知怎样感谢。我又一次感到人类很奇怪，他们把自己的世界裹得密不透风，不去了解排斥异类，当发现异类能派上用场时，又默不作声地巴结。但这样的奇怪，总比丑陋来得好。

窗外传来水花声，和她的问候："你好，我又来听你唱歌啦！"我有些虚弱，但还是撑起身体，透过窗帘的缝隙看她。只是看到她，我就觉得好幸福。

她的气色很好，依旧伴着我的歌声在池塘中旋转，与我合唱的声音也越来越大。她的声音很青涩，仿佛能使我看见一片绿油油的树林，树上结满圆润的苹果，而她，用人类的双腿，漫步在绿草鲜花之上。

"能让我看看你吗？"她忽然说。

我的歌声卡在喉咙里。这么久来，我们之间只有一座花园的距离，我多想跨过去拉住你的手，将你抱进怀中。可以吗？即使我们的种族不同，即使母亲不赞成我与你相见。

哽咽之间，我发现她跳上石子路，焦急地寻找我的声音，凸起的石子擦破她的皮肤。

"快回去！我会继续唱的。"我慌忙喊道。她松了口气，乖乖跳回池塘。

于是我继续唱《勇敢的心》。多么可笑，我这么胆怯的人根本配不上这首歌。胸口隐隐作痛，我爱她，却根本说不出口。

已经连续几日不见她的身影，我坐在花园中祈盼，希望她快点出现。母亲走到我身边坐下，轻拍我的肩膀："你真的那么喜欢她吗？""喜欢。"我想将这份心意传递给小人鱼，不管结局如何，隐藏爱意一定会后悔一辈子。

"喜欢到了为了她可以不要母亲吗？"我诧异地看着母亲，她的面容平静，慈祥的眼睛里倒映着已经长大的儿子。我怎么会不要母亲，为什么要说这种话？可是，我沉默了。

当冰冷的月光洒在海面上，海边的巨人再次陷入孤寂。

我站在池塘边，从几片裹紧的树叶中取出珍珠，胸口猛然触痛。她何时来过，放下这些珍珠，又何时离去，我竟一无所知。如果这是宣告离别的礼物，对我太过残忍。最少，让我见你一面吧！我竟在不觉间，错失了与她表白的最后一次机会。

"喂，人鱼！"我对着海面大喊，"我喜欢你——"大海无尽，毫不留情地吞没我的声音。

我曾害怕与你见面，害怕给你带去黑暗和肮脏，可我不知，与你相识的这段时间，所有阴暗已被荡涤。即使我是人类，你是人鱼，也不会改变我对你的爱意。所以回来吧，回来，让我再见你一面……

3 合声：人鱼之歌

那一天，柔和的夕阳挂在天边，橘红色光晕环绕着古朴的东欧小镇，街道一片宁静祥和。

美丽的少女爱上英俊的少年，他们在小溪中玩耍，在满是落叶的果园里奔跑，他们的欢声笑语在空中回响，他们的绵绵情意被微风传递。

"你不能和他在一起！"很快，少女身边的人开始劝阻她。他们说少年来自陌生的地方，接近她不怀好意。因为，打他来了之后，天空总是乌云密布，不停降下连绵细雨；因为，在古老的歌谣里，祸害人类的妖精喜欢诱惑美丽的少女，它们化作英俊的少年，将少女带进漆黑的洞穴，被骗的女孩再也无法离开那里。

但她不信这些，依然与他相会，依然与他并肩而行，依然与他温柔缠绵。

直到有一天，爱慕少女的另一个男孩向少年发出挑战，私下将他叫进森林。事先埋伏好的小伙子们一拥而上，准备痛扁这个诱惑少女的"妖精"。

少年为保护自己而现出原形，高大的身躯下长着蛇的尾巴，皮肤上布满银色鳞片。只是看见这副容貌，小伙子们就屁滚尿流地往回跑，口齿不清地高呼："妖怪啊！"

少年是蛇妖的流言开始扩散，宁静的小镇躁动起来，夸张的议论让这里终日人心惶惶。

少女偷偷跑去找他，在涨潮的海边看见那高大的身影。海浪拍打他的尾巴，银光闪闪的鳞片像璀璨的星辰。他依旧是他，银发披肩，柔情似水。

"这就是我。"少年开口，轻摆蛇一般的尾巴，悠悠向少女滑去。

少女毫无惊慌，凝望着他："这样的你也很美！"

"你不害怕？"少年抚住她的脸颊，温热的气息相互缠绕。

"这个世界上唯一令我害怕的，就是你不再爱我。"少女的声音清澈空灵，紫色的眼眸动人心扉。

这个金灿灿的秋天，美丽的人类少女爱上英俊的"妖精"少年，他们在海水中嬉戏，在满是贝壳的沙滩上相吻，他们的爱意更加浓烈，他们的眼中只有彼此。

"我想带你离开这里。"少年拥抱少女，月光洒满大地，两人依依不愿分离。少女微笑摇头。这里是她的故乡，她不愿离开。即使是与心爱的人在一起，她也不愿抛弃养育自己的土地。

少女与蛇妖相恋变成不争的事实，小镇居民的抗议声越来越大，与其说担心被妖精迷惑的少女，不如说是担心引蛇出洞殃及自身。他们将少女囚禁，不准她与蛇妖相见。

愤怒的少年闯入小镇，早有准备的居民拿起武器，势要斩妖除魔拯救少女。

为了不伤害人类，少年遍体鳞伤。被关在高塔的少女目睹一切，情急之下砸开窗户，爬上屋檐大喊："不许打他！你们再动手我就跳下去！"

人们瞧了一下将近二十米的塔楼："被蛇妖玷污的女人，闭嘴！"以自身性命威胁却换不来半点怜悯，被恐惧和暴力控制的人类毫无理智。

少年的怒火彻底燃起，他变回原形，强有力的尾巴将人们打倒在地。他向天空怒吼，云彩变成黑色，狂风呼啸，电闪雷鸣，海水卷起通天漩涡，癫狂地扫向陆地，瓢泼大雨将雷霆送向地面，劈碎房屋，烧焦牲口。

人们的惨叫声被旋风吞没。只有少女所处的塔楼安然无恙，她瘫坐在屋顶，面色变得苍白。

少年平静下来，暴雨骤停，海水退出陆地。小镇变得面目全非，房屋倒塌，良田尽数被毁。

流离失所、家破人亡之后，人们终于有意识，他们口中的蛇妖，是能控制大海与乌云的海神，而他们一再挑战神的极限，终于惹来灾祸。

本是丰收的季节，良田满目疮痍，人们无法归咎于神，只能将矛头指向少女。"失去家人，失去土地，一切都是她的错！"民众的愤怒总要有个载体，而她，刚好充当这个角色。

在人们置她的性命于不顾的那一刻，少女感触到人性的冷漠，而现在，她深爱的故乡却将她驱逐，就好像把她当作祭品推向冰冷的海底，虽然等在那头的，是她心爱的人，但心脏还是如此悲痛。

年轻气盛的海神向她伸出手："跟我走！"她摇头。他心头一紧，认为是家园被毁惹她生气，于是向她道歉："对不起。"她还是摇头。

海神无法强迫她，也不忍看她无家可归。挥手之间，一座别墅出现，立于海岸，与海水相连。"等你原谅我，我再来接你。"他这么说，然后消失在无边无际的海洋。

原谅？她露出苦涩的笑容。只因愤怒，草草了结无数人性命，叫我如何原谅？而这么不成熟的你，又给了我无比珍贵的东西，我又有什么资格怨恨？她用手遮住微微隆起的腹部，眼泪滑落。只是这个孩子，我想让他作为人类出生。

即使人心淡漠，她也不愿放弃作为人而存在的意义。就是这样的世界，给她磨难，也赐她幸福。如果她的孩子不能见识这样广阔的世界，那她便是个不称职的母亲。

她独自诞下婴儿，是个可爱的男婴。与父亲一样的银发，与母亲一样的紫眸，结合了父母最美丽的部分，带着上帝的祝福降生于世。

男孩很喜欢蔚蓝的海洋，也许是与生俱来的能力，他喜欢游泳，能在水下待很长时间。母亲担心海神察觉这个孩子，多次叮嘱他不许游入海中。

"还不到时候。"母亲卧在男孩床边，"在你找到心爱的人之前，不要被海洋约束前进的步伐。"她心里想着，嘴中唱出歌谣。这首歌是从前海神送给她的，希望此刻，它也能给男孩一颗勇敢的心，但不能与海神一样草率鲁莽。

海神的面容更加硬朗，身体的轮廓也更加成熟。他曾多次按捺不住冲动想来见她，但每当看到陆地，记起自己做过的错事，他只能悻悻离开。

西方的海洋被人类侵略，数百只音律人鱼逃离家乡。海神踏上西欧大陆，尽全力解救被抓走的子民。他可以用海啸淹没这些罪恶的陆上城市，但他没有。这些城市中，会不会有像她一样的人，勇敢善良，拥有黑暗无法沾染的灵魂。

在陆上，他看见一对人鱼夫妇，惨遭人类践踏已然奄奄一息。海神想救他们，却为时过晚。他们的身体与泥土混合，他们的双手紧紧相连，即使化作尘埃也要彼此依偎。海神被感动，将他们的灵魂握入手心变成一粒种子。

回到东欧的海岸,海神终于鼓起勇气游入别墅的池塘,将种子撒在花园。他望向窗子,看见女人的侧脸,她在窗边缝制衣裳,小小的衣裳做给谁穿?海神屏住呼吸,发现女人腿边,趴着一个可爱的男孩,银发紫眸,与他颇有几分相似。

夜晚,小男孩熟睡,海神轻敲别墅大门,终于找到与她相见的理由。女人刚打开门便被海神拉入怀中:"原谅我吧?"他的手温柔地环住她的腰,他的声音沉稳而伤感。

她将他推开,慌乱地关上门,泫然泪下。原来她的爱和年轻时的他一样不成熟,幻想过一千遍再见,明明心跳得热烈,人就在眼前,她却无法放下颜面承认她从没要求他道歉,从没停止过对他的思念。

光阴似箭,转眼男孩脱去稚气,能帮母亲分忧解难。

可那天,儿子被人打得浑身是伤还强忍着说是摔伤,她听到之后心如刀绞。她仿佛看见被人们殴打的海神,强忍屈辱,却在她的性命被蔑视时发怒,招来狂风暴雨。他失控地吞噬那么多人,只为保护心爱的女子不遭轻贱。

她紧紧搂住儿子,眼泪猛烈得无法停止。她后悔自己作错决定,没有跟海神一起离开,导致现在无法弥补的结果。男孩推开母亲,眼神中闪烁着超乎年龄的坚强。这个眼神是母亲给予的,却又将母亲震撼。

"告诉我,为什么,你在逆境中微笑?告诉我,为什么,你在困境中成长?"不久后,男孩的歌声从阁楼传来,恍如当年海神唱给她听一样。那时的她坚强、勇敢,为何随年龄增长,却将最初的勇气遗失,人们皆是如此吗?

女人走进花园,忽然看见一只金发人鱼。小人鱼也在听男孩唱歌,神色颇有几分陶醉。从这个角度,可以看见男孩站在窗边，透过窗帘的缝隙观望人鱼，她意识到，男孩的歌是为人鱼而唱。于是，在男孩试图接近人鱼时，她将他拉住，告诉他不要打扰人鱼。

她担心的事情，是儿子爱上人鱼。作为人类的男孩能陪在母亲身边，一旦男孩发现自己的真身，会不会跟人鱼一起游走，和海神一样，消失在大得可怕的海洋中？

自那以后，金发小人鱼经常来池塘玩耍，男孩一直为她唱歌。在人鱼清澈透亮的眼眸中，女人看到甜蜜的爱意，每当要离别，小人鱼是那么恋恋不舍。

海洋王宫里，海神发现这只经常偷跑的小人鱼，他跟着小家伙来到别墅，在栅栏外听见男孩的歌。海神又惊又喜，原来女人从没忘记这首歌。将他拒之门外，却又在屋内不停唱这支他写的歌。一切还有挽回的余地！

隔日，海神准备再次见她。当他游到浅海时，却听见女人声嘶力竭地哭喊，她跪在海边，说男孩被熊抓伤，失血过多奄奄一息。海神及时赶到，用鳞片覆上男孩的伤口，鲜血止住，伤口逐渐愈合，只要再休息几天便不会有事。女人依旧心有余悸，她靠在海神肩上，感谢他的到来。

海神享受着来自她的温热，眉眼轻轻弯起。如果昨天没有听见那支歌，今天就不会来见她；如果他依旧待在深深的海底，根本无法听见她的哭喊，无法及时挽回男孩的性命。海神有点感谢那只私自游到陆地的小人鱼，带给他机会，让他回到她身边。

海神用力吻住女人的脸，幸福的感觉又重新发芽。

男孩的身体刚恢复，就去花园里等待人鱼。

母亲坐在儿子身边偷偷笑着，观察两个小家伙互相暗恋，却因为她的自私没能在一起。她担心孩子会游入大海离她而去，如今才意识到自己的想法是多么幼稚。母亲有自己的怯懦，孩子有自己的决心，但这是属于孩子的世界，应该由他自己去闯荡！

就像她与海神初识那般，青春年少时光，挥洒的勇气如此令她怀念，那是别人无法劝阻的，心底最热烈的情谊。时光荏苒，勇气难以寻回，现在又怎么能扼制孩子身上最原始的气息，让他们不曾体会就丧失一切？

灯火通明的别墅中，只有她的房间未明。月光从窗外照进来，女人静静立在窗前，海神站在她身后，轻抚她的长发。

"有个孩子，金色长发，粉色鱼尾。"她转过头，声音清澈空灵，"她的歌声很美，美得与众不同，我希望她能和我们的孩子在一起。"

海神微笑，他知道那个孩子，倔强又坚强。"你舍得把他交给大海吗？"海神问道。女人点头，就算舍不得，那也是孩子的选择，作为母亲，只能默默祝福。

"那你原谅我了吗？"他接着问。

女人沉默不语。

海底王国里，一只金发人鱼在唱歌，她的歌声让海洋陷入沉寂。直到午夜的钟声敲响，王国的子民才苏醒过来。

海神牵住小人鱼的手，向众人宣告她就是人鱼王子的新娘。小人鱼却乱了阵脚，她逃离王宫，不停地游，脑海中只有一个人，那个人是谁也比不上的温柔人类。

别墅花园中，一个银发男孩正对海洋宣泄，他希望喊声能穿透深深的海底，到达心上人的耳畔。

母亲抱住男孩，告诉他可以去海洋找小人鱼，告诉他海神就是他的父亲。她用海神的鳞片轻轻摩擦男孩皮肤，他的手臂生出银色鱼鳞，双腿连在一起变成尾巴。

小人鱼浮出池塘，抽噎着说要永远留在这里，却忽然看见银光闪闪的男孩。

"你是谁？"小人鱼向后退开。

男孩缓缓唱起《勇敢的心》，声音清澈圆润，像清晨绿叶上的露珠。小人鱼激动地跳起来，拉他下水，在水中细细观察他的脸颊。

男孩不熟悉自己的身体，他摆动鱼尾，不小心与人鱼的尾巴缠在一起，他们笑起来，笑声飘上夜空，变成点缀在夜幕上的星星，欢快地闪烁。

海神变化成人类，走进花园搂住女人。他看着池塘里的孩子，低头在她耳边轻语："现在，原谅我了吗？"

女人笑着摇摇头，在他开口之前吻住他的唇："真是个老顽固。"满天星辉映于海面，无边无尽的大海包罗万象，他所做的一切都融于海洋，无人追及。

她没有原谅他，因为他不需要被原谅。

这里没人做错什么，因为我们都在成长。

（发表于《西部》2013年第19期）

教书先生

　　齐升是个教书人，三十出头，满腹经纶，模样也斯文。

　　整个白杨村都在议论这位新来的先生，就从齐升背着织布包下了牛车的那一刻，或高或低的议论声就没停过。

　　齐升模样好，又是从好地方来的，江南的山清水秀养出了翩翩才子，光看那清爽利落的短发，洗旧发白的布衣，就知这人踏实。再看他走路时步子不疾不徐，说话时面面俱到，就知这人稳重。最后看那双墨黑的眼，带了桃花瓣似的弧度，就知这人多情。

　　如此隽秀的人，自然引起了村民的关注，尤其是村中妇人，看他的眼光就像在打量自家女婿。齐升却并不在意村里人的眼光，他本本分分教书，就像棵朴实的小白杨，扎根在了这座偏远的西部村庄。

　　这里的气候不如南方，空气干燥不说，风沙也大，学校十分简陋，一横一竖两间土坯房，搭成个拐角，另外两边是矮墙，院子中央立着一根国旗杆，夏末秋初，总显得凄凉。

　　齐升住在学校后面同样是土坯房的办公室兼宿舍，和一位头发灰白的五旬男人同吃同住。男人名叫蒋仕，这所学校的校长，性子直得很，一开始很瞧不起齐升，在他眼里，这个外地来的斯文书生弱不禁风，也不知学识能高到哪儿去，因此接待时格外冷淡，安排了食宿与课程便不再多说。齐升倒是很礼貌，一直主动向这位前辈请教，蒋仕也都答了，齐升听着记着，眼角眉梢总带着笑。

学校集小学初中为一体，只有两间教室，五十来个学生，桌椅都是手工制的，用了好些年头，破旧不堪，就像老人嘴里颤颤巍巍的牙，压得狠了便吱呀吱呀地晃。蒋仕穿梭其中倒很自在，他一九五九年赴疆支边，在白杨村一待就是二十年，骨子里的文人傲气丝毫未减。他深知这里的落后，却放弃了返乡的机会，二十年的记忆融于血肉，他一根筋地守着这方天地，亲眼见证了乡村学堂最红火的时期，又亲眼看着它败落，毫无回旋之地。

如今，村子里的年轻人走了，离开了这座限制他们飞翔的鸟笼，去往更广阔的地方，村里人变少了，孩子也变少了，两间教室能派上用场的只有一间，蒋仕常常站在另一间空教室里发呆，缺胳膊少腿的桌椅堆在角落里，无人问津，光线透过窗子照在地面上，光束里飞舞着细小的尘埃，蒋仕板着脸，心想，挺好的，等这最后一批走完了，他的任务也结束了，这半辈子总算没白活。

村里以前也来过老师，且从没有齐升这样天生一副先生模样的。这里穷乡僻壤，环境恶劣，能招到老师就算不错，还管他什么文凭，因此来的多是些粗制滥造的，还没蒋仕这个老古董有成效，学生不满意，蒋仕更不满意，就算是村长亲自领来的人，没过几天也都被蒋仕暴躁地撵了出去。村长偏偏又不敢强求，于他而言，蒋仕是孩子们的精神支柱，也是这座乡村学校的顶梁柱，因为蒋仕不但会教书，还很固执，他的固执，便是一定要让孩子们跟他一样认字。

上一个来任职的老师也是年轻人，原本在五十里外的县城教书，书教得可以，就是吃不了苦，在这地方熬了不到半年就卷铺盖逃了，不知县城那边怎么处置，反正蒋仕放话了："要是再叫我看到那小兔崽子，非把他眼镜拍碎不可！"小兔崽子自然是没看到，但是他看到了齐升，和那逃兵一样的斯文相貌，虽然没架眼镜，但蒋仕见到他，拳头就有些痒。"我倒要看看，你能坚持多久！"蒋仕这样想着，初次见面便露出了一副凶相。

齐升很温和，但并不怯懦。他坦坦荡荡接受了蒋仕的眼神拷打，提着发白的布包，参观完学校，进了宿舍。

蒋校长话不多，齐升便主动提问，关于任教的课程，关于学校的历史，关于村庄的风土，他很认真地了解着这片土地，了解着这位看上去不太友好的校长。在宿舍住下的第一个晚上，熄了灯，蒋仕问他："你为什么来这儿？"

齐升平躺在床上，刚好能看见脚头窗子里的月亮，他答："我喜欢这地方。"蒋仕无声嗤笑，嘴上说："这里工资不高，环境不好，夏天晒成臭油条，冬天冻成冰疙瘩，要走就趁早！"齐升静了静，说："那我们现在是两根臭油条，同舟共济，比之前要好。"蒋仕一愣，心想：此人长得端正，可惜非傻即疯。

让蒋仕稍微舒坦些的，是齐升的勤快。自打他眼里弱不禁风的书生搬进了宿舍，桌椅总是摆放整齐，落灰的书架擦得锃亮，还添了几本新书，就连犄角旮旯里常年被蒋仕无视的纸屑笔头，也被清了出去。不仅如此，齐升每天早上都会把学校门口打扫干净，单薄的身影挥舞着做工粗糙的大扫帚，看上去很不协调。

蒋仕观察了两天，问："你有洁癖？"齐升似乎被他的玩笑逗乐了，笑答："没有，我就想收拾干净。"蒋仕眉头一拧，心想：年轻人，华而不实，估计坚持不到几日。

蒋校长舒坦没多久，果然又不舒坦了，倒不是因为齐升半途而废，而是因为他太过勤快，吸引了不少早起路过的村妇。蒋校长这才意识到，这弱不禁风的书生居然在村里掀起了一阵春风，气得他差点儿把早餐包子捏爆，私下里揪住齐升凶巴巴地威胁：

"你要是来厮混的，趁早给我打包走人！"

齐升眨了眨眼，笑道："校长，我是有家室的。"蒋仕挑起了半边眉，想想也是，这么个受欢迎的青年，早该成家了，又问："有家室还跑这么远支教，老婆同意？"齐升的笑容淡了淡，但还是努力扬起嘴角，说："同意，这也是她的梦想。"蒋仕头一回有点摸不清这年轻人的想法，不过看他踏实，暂且放了他。

齐升第一次上课堂，是在来了村子后的第三天。头两天他听从蒋仕的安排，静悄悄坐在教室的角落里和学生一起听课，边听边做笔记。

学生的年龄参差不齐，小的只有八岁，大的已经十五，学的都还是旧教材，偶尔有几篇像样的文章，已经被背得滚瓜烂熟。学生们对这位新来的先生充满好奇，却碍于蒋仕那张如同关公的脸，不敢明目张胆地看，只偶尔在蒋仕写字时回头偷瞄一眼。齐升便板着脸，和蒋仕一样，打手势示意他们转回去。完了，孩子们心想，又是一个活关公！

然而，这样的想法在齐升上第一堂课时消失了。蒋仕靠在门边盯着，齐升站在讲台上，开场就熟练地朗诵了一首诗，那是王昌龄的《从军行》："青海长云暗雪山，孤城遥望玉门关。黄沙百战穿金甲，不破楼兰终不还！"蒋仕有点惊住，却不是因为这首诗，而是因为齐升那具看似单薄的身躯里，竟能爆发出如此浑厚的力量。

齐升的朗诵，洪亮且振奋人心。和蒋仕一样吃惊的还有孩子们，他们瞪大眼睛望着齐升，回味着这首波澜壮阔的诗。齐升恢复了温和，笑着说："这是我来的路上，见到戈壁沙漠的第一眼，脑袋里出现的诗。我希望你们能记住自己生活在什么样的地方，然后热爱她！"

蒋仕教了二十年书，送走了一批又一批学生，他的目标只是让孩子们识字，能说会写，出了村少受欺负。然而新来的先生显然不满足于此，齐升教语文，教政治，教地理，教历史，偶尔还会跟几个有天分的孩子谈谈物理化学，比起只会教语文数学的蒋仕，强了不知多少倍。

齐升还提出按年龄分班，蒋仕又何尝没想过，但近两年，这所学校来来回回总是他一人，单独分班出来，浪费资源，浪费精力，齐升却说："两间教室，资源够了，两个人，精力也够。"蒋仕却不答应，他板着脸，眉心叠着皱纹，心里想的是：这白脸书生不知什么时候就逃了，到头来还是瞎折腾！齐升便没再强求，只是在备课时多备了一份教案，专门针对年龄稍大的孩子，蒋仕见他不嫌麻烦，便由他去了。

齐升教了一个月，整个人晒黑了不少，因为除了在学堂教课，还要顺应村长的号召，带领学生们拾棉花、夯土块。西北的风沙打磨着这个从南方来的朴实男人，仅是一个月的时间，齐升就从小白脸变成了小黑脸，蒋仕看见他都要憋着笑，憋得一脸扭曲，好似关公雕像脸上出现了裂纹。不过在学生们看来，齐先生依然很帅，清爽利落的短发，洗旧发白的布衣，墨黑的眼睛笑起来弯弯的，好似天上的月牙儿，就是走路时步子变快了，嗓门变大了，教书的方式也愈发让孩子们喜欢了。

对于齐升的才能和改变，蒋仕有点惊讶，有点佩服，又有点郁闷，因为那些曾经趴在他鼻子底下喊"老师真棒！"的学生，移情别恋了。蒋仕看到齐升的讲桌旁人满为患，下了课学生还问个不停，他孤零零地抱着课本站在门口，脸色发青。齐升很快就从人堆里挤出来，大声让学生们坐好，说第二节课要开始了，都做好准备，然后一回头，看见了僵立在门口的蒋校长，齐升不好意思地笑了笑，说："校长好。"蒋仕说："我不好，快点出去！"齐升眨了眨眼，依然笑着说："会好的。"便出了门。蒋仕莫名其妙，扭头看见教室里一个两个脸上写着失落和不舍的学生，更是气闷。

蒋仕寻思了一下，他这恐怕叫嫉妒，但不得不承认，齐升是个人才，性格好，教书方法也好，蒋仕偷偷听过几回，就趴在后门那条一指宽的门缝上，听了齐升的历史课。

齐老师讲课很有一套，吊着听众的胃口，馋得你非听下去不可，若是半途停下，就好像听到了说书的说："欲知后事如何，请听下回分解！"蒋仕趴在门缝上连续听了好几回，其间抓耳挠腮，太阳晒得他汗流浃背，院墙外路过的村民瞅见，还以为学校里进了贼，刚要举起扁担大喝，才发现那是头发灰白的蒋校长，瞠目结舌地看着，蒋校长却浑然不觉，一门心思都扎在春秋五霸和战国七雄，每逢听完一段，就好似吃了一大碗酥香的五花肉，咂巴咂巴嘴，意犹未尽。

有一回蒋仕趁着齐升出门打水，翻了翻他的教案，却只瞧见一些笼统的要点，根本没齐升嘴里那样丰富。蒋仕心说："这小子学富五车，不愧是大学文凭！可好端端的大学生，跑到这鬼地方来做什么，图新鲜还是脑袋遭驴踢了？"正琢磨着，齐升进屋了，刚好撞见蒋仕飞快缩回来的手，和那本翻飞着合上的教案。

蒋仕干咳一声，说："有苍蝇！"齐升眨了下眼，蒋仕又补充道："我拿它打苍蝇！"齐升笑了，被风沙和秋日涂黑的脸依然十分俊俏，他拾起肩上的毛巾擦了把汗，望着校长说："果然好大一只。"蒋仕心中大怒，骂他没大没小，却又不好发作，板着一张脸出门了。

谁知当天晚上，齐升便提出要向蒋校长学画画。蒋仕除了认字之外，唯一的本事就是画肖像，虽不专业，却能抓住特点，叫人一眼就认出画的是谁。

蒋仕僵硬地答："不教！"他这唯一的本事，难道也要让这小子抢去？齐升便提出了交换条件："您教我画画，我教您历史。"蒋仕转了转眼珠，瞪着他："我这一把年纪了，能学进去啥？"齐升说："我姥爷六十岁学会了三弦，七十岁学会了评弹，他跟我说，只要他想，没有学不成的。"

蒋仕摸了摸下巴上的胡楂儿，说："你就是想让我学了，替你分几堂课，好溜号是不是？"齐升憋着笑，点头道："您真聪明，火眼金睛！"蒋仕也被他这副顽皮的嘴脸逗笑了，心说，这压根儿就是个没长大的娃娃！于是，两人的交易就这么达成了。

蒋仕本就是个好学的性子，奈何村里条件有限，他只能守着几本旧书。而齐升的到来，就像是为他敞开了一扇门，一扇埋藏着宝藏的门。齐升一边带给他新的知识，一边交流新的方法。支教的第一学期结束，齐升突然问他："校长，您想不想带出一个大学生？"

天方夜谭！当时蒋仕脑海里只有这四个字。但不知为何，一向不留情的蒋校长没有说出来，只是瞪圆眼睛看着齐升，一脸错愕。

齐升平静地解释："我发现了两个特别有天赋的孩子，不考大学，可惜了。"蒋仕讷讷地问："谁啊？"齐升答："王亮和赵小雨，一个十四一个十五，都是好年纪。"蒋仕缩在椅子里，盯着面前的青年，又看了看自己略显干枯的手掌。他的两条腿在裤管里颤悠悠地晃，和齐升比起来，他老了许多，也胆小了许多。

蒋仕沉默了半晌，说："好年纪，估计马上就被家里送出去打工了。"齐升皱紧眉头，说："我一定要让他俩背着书包出去，不是去打工，是去考学！"蒋仕望着齐升那双明亮炽热的眼睛，想问他为啥这么坚持，想了想，又改口说："行吧，我帮你。"

不知从何时开始，蒋仕对齐升有了一种信任感。没缘由地，就是觉得这小子不会逃，只要有齐升在，就没有办不成的事。

春节后，蒋仕亲自去了王亮和赵小雨家，给两家大人做工作。赵小雨还好，上头有两个哥哥已经在外打工，每逢过节就会回来看望，带些好东西给家里人，因此赵小雨的家长对女儿的要求并不高，既同意了她考学，又托了左邻右舍物色好女婿，就算考不上，也有个着落。

可王亮家就有些麻烦。王亮父亲和村里多数人一样种棉花，养猪喂牛，过惯了苦日子，十分羡慕那些外出打工挣上钱的，觉得那才是正道，所以一听说这唯一的儿子想留在村里考学，暴脾气就上来了，一脚踹在王亮屁股上，骂他识了几个字就想上天，还责怪蒋仕误导孩子，没有教会他识字就是为了打工，打工就是为了挣钱，既然都能挣钱了，还上什么学，浪费钱！

蒋仕也是个直脾气，见王父不肯便不再多说，回了学校，跟齐升讲了具体情况，齐升皱了皱眉，难得没了笑容。蒋仕安慰他："好歹有个赵小雨，专心辅导一个也成。而且那考大学本就是天方夜谭，县城里都教不出几个大学生，更何况这穷乡僻壤？"齐升却摇了摇头，在第二天亲自拜访了王亮家。

齐升是提着一兜鸡蛋和几本书去的，王父见了他手里的东西，笑盈盈地把他迎进门，接过鸡蛋掂量了一下。齐升进了屋，与王父面对面坐着，掏出了那几本书，说："这些是我去县城买的，送给王亮的练习册。"王父的脸顿时就垮下来，吊得比驴脸还长。

齐升保持着微笑，把王亮的学习情况讲了一遍，又说："那孩子很有天赋，学得快，脑子又灵活，一定能考上大学。"王父冷冷地说："就你，你教他？能考上你怎么不考啊？"齐升平静地说："我是大学生。"王父一下子就笑了，满脸嘲讽："都大学生了还来这破地方教书呢！你怎么不等升官发财了再来，给我们这些穷苦人送些实在的？"

逐渐爬高的太阳从屋檐探出头来，冰冷的阳光洒进窗户，落在齐升肩膀上。齐升面不改色地说："这地方很好，有学堂，有白杨，还有蒋校长。您如果担心负担不起学费，我和蒋校长都会帮……"他话没说完，王父突然"噌！"一下站起来，大步朝外走。

王亮正趴在门上偷听，王父一把拉开门，踹了他一脚，怒斥道："不好好干活，做什么白日梦！"王亮惨叫一声，蹿到院子角，齐升立马追出去，拦住了还想打人的王父："有话好说，别对孩子动手！"

王父不想与他说话，一把推开他，抄起墙角的扁担就往儿子身上砸："去给老子干活，以后不准读书了！"王亮紧紧闭着眼，脸色惨白，不料扁担砸出"咣！"的一声，却不在自己身上。王亮胆战心惊地睁开眼，看见齐升挡在他面前，面朝他，背上顶着那根铆了粗钉的扁担，眉头皱得很紧，嘴角却是扬着的，冲他笑了一下。

王父直愣愣瞪着他，还未动作，齐升便转身一把夺了扁担，大声道："你儿子有天分，爱读书，你应该尊重他的选择！"那双眼锋芒毕露，毫无斯文可言。王父好似被一头雄狮盯着，脊背发凉。

结果僵持到最后，仍然没有得到王父的回答。

齐升回了学校，背上的瘀青差点儿把蒋仕吓晕，等蒋仕缓过神，撸起袖子就要出门，齐升急忙拦住，问："校长去哪儿？"蒋仕眼里燃着一把火，咬牙切齿道："敢动我老师！我非把他揍趴下不可！"齐升眼眶一热，却没心没肺地大笑起来，一边笑一边搂住了校长的肩膀，低声说："您的老师，我可不敢当。"蒋仕呆了呆，脸一绿："我说我学校的老师！你这个浑小子，想造反不成？！"齐升连忙笑着躲，蒋仕的火气也消了大半。

两人本打算过几天合力去家访，齐升甚至玩笑道："劳烦威武的蒋校长把那个莽汉吊起来，我负责挠他的脚底板，挠到他妥协为止！"谁知不等那一天到来，王亮家先出了事。

春节刚过，正是西北最冷的时候，乡村小路积着雪，屋檐上的冰凌挂了一长串，窗户上的冰花在月光下纵横交错，反射着蒙蒙亮光，王父的脸就这么毫无预兆地出现在宿舍窗口，手电照着，仿佛一张被划花的鬼脸。他用力敲窗，"咚咚咚！"的响声把睡梦中的老师惊醒。

齐升披着棉袄去开门，王父一下子撞进来，扭头逡巡："我儿子呢？"齐升诧异地看着他，蒋仕也醒过来，裹着被子问："你到这来找什么儿子？"王父的脸变成了青灰色，死死盯着齐升："你是不是把我儿子藏起来了？"说着便去揪齐升的衣领，蒋仕大喝着跳下床，齐升率先反应过来，抓住王父的手："王亮丢了，在哪儿丢的？"

王父被他一问，脸色更白了，仿佛马上就要魂飞魄散似的。蒋仕急得大吼："这可是冬天，外头零下三十摄氏度！你快说，王亮哪儿去了？！"王父终于被唤回一点神志，哆嗦着说："晚上……晚上吵了架，他提着书包跑了！"齐升问："多久了？"王父答："十点跑的，我看他直奔村头的学校，寻思是来找你们，就以为蒋校长会劝他回家……"然而现在已经十二点了，王父说着手不停地抖，整个人都摇摇欲坠。

齐升眸光一沉，迅速穿好大衣提上手电，对蒋仕说："您在学校等着，他说不定会回来。王亮父亲，你多喊几个人帮忙，去村里找找！"蒋仕问："那你去哪儿？"齐升没来得及回答，风一般冲了出去。

齐升有个不好的念头，王亮很可能离开村子去了县城。

按照王父的说法，王亮提着书包，又是往村头去的，可村头除了学校，还有一条通往县城的路，道路狭窄，只容牛车通过，两边都是披着雪霜的白杨和农场。王亮曾问过齐升，在哪儿考学？齐升回答，在县城，出了村头五十里，牛车要坐大半天。王亮虽然聪明，脾气却和他父亲一样犟，一旦认定了的事打破头都要做，很可能会在吵架之后，一冲动离开村子。可在这么寒冷的冬夜，步行出村绝不是闹着玩的！

齐升一边跑一边大喊王亮，寒风呼啦啦地灌进嗓子，呛得他咳出眼泪，嘴里呼出的气和眼泪一起粘住睫毛，硬生生冻出一层霜。他逆风跑了二里地，在雪道中央捡到一只手套，一只黑色的毛线手套，挂脖的绳子断了，齐升端起手电仔细看，额上的汗被风吹得一片冰凉。他认得，这是王亮的。

齐升继续往前跑，寒风刀子般刮在脸上，呛得他直想干呕，但是再累也不能停下，因为一旦开始走路，体内的热量会迅速被狂风卷走，四肢会冻得发麻，失去前进的力量。

不知跑了多远，当齐升在路边草棚里看见一坨蜷缩的人形，他只觉得一股热血冲上头顶，被冻僵的脸颊几乎要涨裂！他扑上去，把缩成一团的王亮唤醒，少年鬓角眉毛都挂着白霜，看见齐老师，连呜咽的声音都发不出，本能地伸出手去抓他。齐升一把抱住他，在他耳边低吼："你这个笨蛋！"

王亮把脸埋进齐升的衣领，一向顶天立地的男子汉就这么哭了，泪水几乎要失去温度。齐升把他拉起来，王亮说腿疼走不动，齐升便蹲下，让他上背，王亮僵硬地抓住齐升的肩，爬到他背上，动作十分缓慢，齐升咬着牙把他背起来，一步步往回走。

寒冬像个无情的杀手，挥舞狂暴的利爪撕扯着大地上所有生灵。漫长的雪道尽头，依稀可见屋影和灯光，像是遥遥指路的星星。

齐升两只脚已经没了知觉，依旧机械地重复，左、右，

天鹅湖

左……每迈出一步，就离村子近了一些。齐升数着步子，眼睛笔直地盯着灯光，王亮紧紧抱着他，胸腔和腹部渐渐感受到了暖流。齐升说："别睡着了。"王亮低低嗯了声，寒风立刻就将少年的声音吞没。

齐升两手钩着王亮的膝窝，手腕被冻住，又被下坠的力道压得生疼，但这种痛感很快就在齐升机械的步伐中消失了，他已经完全感受不到双手的存在，依旧咬着牙，不懈地前进。

最后，齐升已经不记得自己是怎么回到村里的，好像从看到人的那一刻，他的双腿就不听使唤地跪进了雪中，接着连大脑也不清醒了，身体陷进积雪，就如陷入柔软的床。但宿舍的床是硬的，齐升心想，没想到有生之年，还能睡一次软和的。

齐升再度醒来时，天刚蒙蒙亮。他躺在村子的卫生所里，屋里炉火烧得很旺，蒋仕就坐在床边，穿着旧毛衣，关公一样瞪着他。

齐升看见那张脸，顿时觉得阎王爷来了都能被吓走，于是忍不住笑起来，说："校长。"蒋仕冷哼一声，脸色更差了："你还知道我是谁？我以为你冻傻了，硬邦邦的，像屋外的白杨一样开春才能醒！"

齐升笑了一会儿，问："王亮呢？"蒋仕说："隔壁呢，早醒了，就你还在这儿做大梦。"齐升又问："他还好吗？"蒋仕气道："你不如先关心一下自己！"齐升想坐起来，被蒋仕按住了脑门，齐升见他一脸严肃，心里咯噔一下，忙把自己的双手拿出来看，十指还在，活动自如，就是有些红肿，蒋仕道："不在手上。"齐升顿时明白了什么，用可怜巴巴的眼神望着校长。

蒋仕沉了口气，说："脚趾冻坏了，还没缓过来，医生说观察一下，如果严重，就把你送去县里医院。"齐升愣了一下，然后试探着活动双脚，只觉得脚背传来一丝丝刺痛，脚趾十分麻木。蒋仕安慰道："没死就好，脚趾也没多大用，还容易得脚气。"齐升又愣了一会儿，扑哧一声，说："校长，瞧您那样儿，我还以为冻掉了命根子呢！"蒋仕脸色发青，忍不住在他脑门上敲了一下："注意点，你可是个教书的！"

事实证明，齐升和王亮都是很有福的人。在卫生所观察期间，王亮手脚上大片乌青转为红斑，出现了水泡，医生挑开水泡看了一下，液体是清亮的血清，说明只是表浅损害，没有严重到截肢的程度。

齐升和他症状差不多，都只冻伤了表皮，蒋仕就说："十四和三十果然不一样，王亮冻了四五个小时，你就冻了两小时，都赶上他了，果然年纪大了不中用！"齐升听了，照旧眨着那双墨黑的眼，无辜地望着他："校长，您有五十了吧，说我年纪大？"蒋仕作势又要敲他，齐升笑哈哈地说："别，我这是气候不适应，可不是年纪大的缘故！"蒋仕没听到重点，还要敲他，就听见房门咚咚两声，一回头，王亮的父亲一脸黯然地立在门口，一夜之间仿佛苍老许多。

蒋仕坐好，板着脸，自言自语般叹道："可怜王亮，没被冻死要被他爹打死咯！"王父却抹了把眼睛，走到床边对齐升说："齐老师，就听您的吧！"齐升愣了愣，蒋仕也愣了愣。

王父极力忍住哽咽，说："您救了阿亮，是我的恩人，就听您的吧！"片刻后，两人反应过来王父指的是让儿子考大学，顿时喜上眉梢。王父接着道："我就这么一个儿子，我想了一晚上，他有自己的志向，就算白日做梦也好，我该让他闯一闯！"也许是被昨晚那一出吓着了，这位父亲终于开了窍。但无论如何，在得到消息的这一刻，齐升觉得真好，一切都值了。

冻伤在两周以后痊愈了。王亮手上的死皮慢慢脱落，肤色还有些灰暗，但这并不影响他抱着齐升送他的练习册又蹦又跳，如获珍宝。

开春以后第二个学期，齐升也重新投入课堂，为学生安排考试相关的课程。蒋仕忙着分班，带领学生把另一间闲置的教室收拾出来，修整桌椅，又向村长申请招募代课老师。

村长闻言，吓了一跳，没想到这个最看不起代课老师的老古董竟能回心转意，忍不住问："要是再招来个半吊子，咋办？"蒋仕头也不抬地说："撵走！"村长叹气道："那你就别想招人了。"蒋仕说："招！为啥不招？就算撵走了还有齐升，不怕，多来点儿让我挑挑！"

代课老师是没找着，不过县城里指派了个年轻志愿者过来。蒋仕一听是县城来的，立马想起去年那个半路逃跑的"四眼仔"，二话不说抱着拳，虎目圆睁地守在校门口，把扎着麻花辫提着大口袋的姑娘吓了一跳。

女的？蒋仕干巴巴地望着她，女孩儿也茫然地与他对望。齐升从教室走出来，远远看见堵在门口的蒋校长，想起自己初到时也被这么瞪过，不由得大笑起来，上前解围道："你就是新来的老师吧？你好，我叫齐升，这是我们的门神，蒋校长。"蒋仕立马将视线扫向他，顺便在他背上拍了一下："又造反！"

女孩儿看见齐升，水灵灵的眼睛眨巴一下，脸蛋在春风里如同蜜桃："您……您好，我是蒋小红。"齐升笑道："校长，你们一家的！"蒋仕又看了看面前的女孩儿，秀秀气气的，也不知道能在这苦地方待多久？不过也许是有了齐升做铺垫，蒋校长并没有为难她，十分细致地跟她介绍了学校，又把她领到宿舍，住在他与齐升的隔壁，小单间。齐升还为此玩笑道："校长偏心，重女轻男。"蒋仕漫不经心地掸了掸衣袖，说："没办法，谁叫她跟我是一家的。"

在齐升到来之前，这一届也曾有过好几个代课老师，但最终都没能留下，断断续续的教学导致了知识断层，也加大了学习难度。好在齐升和蒋小红都不缺耐心，蒋仕不缺经验，他们分工配合，将知识查漏补缺了一遍，帮助学生巩固基础，再做提升，循序渐进地经过了两年时间，顺利让适龄的学生完成了初中学业。

王亮和赵小雨果然没让老师失望，成功考进了县城的重点高中，还有其他六名学生也上了高中，可谓是近几年来成绩最好的一届！齐升也兑现了他对王亮父亲的承诺，每月都与蒋仕资助王亮的生活费，并且在周末不辞劳顿赶往县城为两人补习，顺便带回县城书店里的新鲜教材，回来与蒋仕分享。

王亮和赵小雨刚巧在高一赶上了英语课程的加入，对于两个从未接触过英文的农村孩子，这门课成了难点。蒋仕在得到消息后坐立难安，齐升却很轻松地说："交给我吧！"蒋小红刚好也会些英文，便同他一起赶往县城补课。

蒋仕望着齐升自信满满的背影，心里觉着奇怪："那蒋小红是才毕业的大学生，接触过英文很正常，可齐升已经三十多了，又是从哪儿学的英文呢？"蒋校长这才想起来那张初次见面时齐升给他看的、他不屑一顾的大学文凭。他虽然知道齐升是大学生，却从没问过他是从哪儿毕业的，一开始是瞧不起他不屑发问，后来习惯了齐升的踏实勤奋，这事就被抛到了脑后。

蒋仕在宿舍里徘徊了良久，终于走向书柜，取出了一张尘封已久的简历表。

期中考试结束后，齐升又一次从县城返回，兴冲冲地告诉蒋仕那两个孩子英语考了九十分！却见蒋仕脑门上叠了几层皱纹，一脸严肃地望着他。蒋仕说："浙江大学的高才生，来我这个小乡村，委实屈才了。"

齐升慢慢从喜悦中回神，垂下眼睛，盯着手里的作业本，轻声道："您知道这所大学？"蒋仕说："哪能不知道！光绪年间就建立的求是书院，浙江大学的前身，历史悠久，二十年前就被划为了全国重点大学。你能进去，的确才高八斗。"齐升摇了摇头，笑着说："我的意思是，您应该见过和我同校毕业的另一个人。"蒋仕一下愣了，眼珠子牢牢系在他身上。齐升说："她叫罗雯。"

蒋仕脑袋里嗡的一声，纷杂的记忆中浮出了一个年轻女孩儿的脸。五年前，穿着碎花布衣的罗雯背着织布包，站在村头的白杨树下，笑着说："校长，我要回去了。"

齐升观察他的表情，确定他想起了什么，才缓缓开口："我和她，是一所学校毕业的。十几年前知青下乡，她跟着同伴去了西部，我却被父亲留在了杭州……"

齐升爱慕罗雯，在校期间两人关系很好，却从未说破。直到毕业那年，他执意要同罗雯一起走，却被父亲强行拆散，他才意识到这份感情有多强烈。可惜这一别，就是十年。

十年间，他们互通书信，从未断过。罗雯向他讲述着戈壁的风声，飒爽的白杨，垦荒的劳动者，还有充满欢笑声的学堂……罗雯说："这里有一位校长，固执得很，可爱得很，是他教会了我如何变成一粒种子，撒进这片土地，生根发芽，把孩子们变成繁茂的枝叶，站在我肩上，眺望远方。"

五年前，罗雯回到杭州，寻找故交为远方的学校捐款。但在资金筹集的过程中，罗雯病了，而且一病不起。得到消息的齐升竭尽全力帮她，花光了积蓄，无奈之下用那笔善款为罗雯治病，最后却敌不过天意，罗雯还是走了……

此刻，齐升站在蒋仕面前，神情平静，嘴角依然挂着浅浅的笑，眼睛里却藏了浓郁的悲伤。他说："罗雯一直希望能回到这里，帮您振兴学堂。她深爱这片土地，也深爱这里的孩子，所以我替她来，我要亲眼看看她生活的地方，看看她最敬爱的校长。"

蒋仕的眼圈红了，他不知道罗雯走了，只知道一直以来没收到那丫头的回信，还怪她薄情。可是眼前的年轻人就和罗雯一样，谦逊温和，踏实低调，他早该想到，他们来自同一个地方。

一九八四年，全国一百六十四万人参加高考，录取人数不到三分之一。王亮和赵小雨分别以县城第一第二名的成绩考上了大学。

拿着录取通知书返乡的孩子投入老师的怀抱，蒋仕和齐升都激动得说不出话。王亮的父亲差点儿就在两人面前跪下去，齐升拦住他，他便抱着齐升哭，嘴里直喊着："谢谢老师，谢谢老师……"

村里一阵欢天喜地，鞭炮声不绝于耳，村长甚至专门请来了摄影师，为学校和状元合影。白杨村一鸣惊人，引起了上头的关注，很快，一笔拨款下来，学校重建，土坯房变成了砖房，桌椅也都换上了新的，原本不打算让孩子念书的村民纷纷把孩子送进学堂，让他们以王亮赵小雨为榜样，好好学习，实现梦想。

新校落成的那一天，蒋仕和齐升彻夜未眠，搬着板凳坐在院子里，点了一盘蚊香，仰头看着满天星辉洒在房顶上。

蒋仕说："你的心愿完成了。"齐升说："也是您和小雯的心愿。"蒋仕若有所思地笑了笑："你以前说的家室，就是罗雯？"齐升有些难为情，低声道："我们没成婚，但我一直爱着她。"蒋仕叹了口气，拍了拍他的肩："都过去了，你能为她做到这些，真心天地可鉴。"

蒋仕望着他映满星辉的眸子，语重心长道："但是年轻人，要向前看！蒋小红的志愿者服务期早就到了，她却一直留在这儿，姑娘家的心意，可别辜负啊！"齐升回过神，一贯沉静的眼中浮出了几分羞涩。没容他答话，蒋仕忽然高举手臂，招呼着刚从宿舍出来的女孩儿。

蒋小红刚推开门，想问问他们二位怎么还不睡，不料校长唤她过去，她便回头端了个板凳，跑过去与他们一同坐着。耳边有虫鸣，有谈笑，蒋小红偷瞄一眼齐升，脸蛋上浮出红彤彤的云霞。

夏末秋初，就同齐升刚到白杨村的时节一样，他穿着发白的布衣，眨着墨黑的眼睛，望向那两间新盖的学堂。从前的萧索没了，砖房和白杨一起精神抖擞地立在月光下，夜色像一位温柔的母亲，夜风是她的臂膀，怀抱着整个村庄。

齐升仰起头，嘴角微微翘着，眼中满怀憧憬和希望。他身边有令人敬佩的校长，有志同道合的朋友，明天，还会见到无数张向日葵一般灿烂的面庞。他在想，罗雯说得没错，这是个充满奇迹的地方。

审 判

1

林翠抱着女儿坐在客厅的角落里，眼角挂着泪。女儿的半边脸还肿着，嗓子已经哭哑了，只睁着一双空洞的眼，望着站在客厅中央那个骂骂咧咧的中年妇人。客厅沙发上坐着林翠的公婆，两人瞪着林翠的目光如刀子般剜着她。

这一幕已经持续了近半个钟头，站在客厅中央的妇人终于口渴了，端起茶几上的水杯。林翠缓缓吐出一口气，低声道："小铃铛她……"

"你闭嘴！"林翠的婆婆跳了起来，怒道，"就说你没用！生个女儿就算了，竟还教成个杀人犯！"

林翠的眼睛更红了，满肚子委屈逼着眼泪往下滚，女儿在怀里突然大叫了一声，歇斯底里就像一只野猫，把所有人都吓了一跳。

"你鬼叫什么，小畜生！"林翠婆婆尖锐的嗓音盖过了小铃铛的叫声。

这个往日里因为笑声清脆可爱而得名小铃铛的六岁女孩儿，再度挣扎起来，一边尖叫一边要去扑那个站在客厅中央的妇人。林翠奋力抱住女儿，一手按住她的脑袋，在她耳边劝道："好了，乖，小铃铛不闹，妈妈抱……"

小铃铛依然扯着嗓子尖叫，方才空洞的眼睛里猛然蹿出一股怒火，小小的怒焰如蛇信子一般从妇人鼻尖上扫过，妇人一怔，不禁往后退了退，忽又挺起胸脯，大呼一声："你还有理了？！"

林翠的婆婆也高声道："叫她给我闭嘴！"

林翠赶忙捂住小铃铛的嘴巴，狠心在她腿上捏了一把，低喝道："别叫了！"小铃铛抱住母亲的手，嘴里发出断断续续的闷哼，眼泪汹涌而出。

林翠虽然心疼，却也别无他法。事实上，她到现在都是一头雾水，不清楚究竟发生了什么，只知道下午在做针线活儿的时候，听见邻居高喊"娃娃落水了！"，等她跟着大伙儿跑到院子后面的河渠边上，只看见小铃铛捂着脸坐在岸边的泥里哭，而大嫂家的孩子，婆婆最心疼的胖孙子洋洋，则蜷缩在老李婆的怀里，浑身湿透，水珠子啪嗒啪嗒往下淌，一副惊魂未定的模样。

老李婆，就是此刻站在客厅中央的妇人，五十出头，大院门卫的老婆，大家见了面都叫李嫂，但由于她面容枯瘦，性子刻薄，私下里经常被叫作老李婆。而据老李婆方才的陈述，下午时，小铃铛带着洋洋在渠边玩儿，她在一旁看护，两个娃娃原本好好的，谁知小铃铛突然发脾气，将洋洋推进了河渠，要不是她老李婆眼疾手快，一把抓住了落水的洋洋，恐怕这大胖孙子就要被那湍急的雪水冲走，再也见不着奶奶咯！

林翠的婆婆听到这话时，气得摔了杯子，一边骂林翠扫把星，一边冲去抱自己的胖孙子。

虽说那水流不过成年人的腿肚高，挽起裤腿，脚步稳点儿，三五步就能蹚过去。可小铃铛只有六岁，洋洋不过三岁，短小的身子只要掉进那河渠，就别想再爬起来。

林翠脑袋里一片空白，她只记得自己赶到渠边时，一眼看见女儿坐在泥里哇哇大哭，半边脸红肿着，挂着五个清晰的指头印，便没顾上别的，赶紧先把女儿抱起来，拿帕子擦了擦她身上的泥，等回过神，才听见周围七嘴八舌地议论，说小铃铛小小一点儿便心术不正，要害人。林翠茫然无措，紧紧将女儿抱进怀中，直到回了家脑袋都是蒙的。

小铃铛害人？把洋洋推进水渠？林翠作为母亲，十分清楚女儿的性格，正是随了自己的怯懦，就算被人打得满头包也不会还一下手。可当她这么解释时，婆婆跳得更高了，拉着老李婆这个目击证人一起朝她喷唾沫星子，骂得她抱紧小铃铛缩进墙角，再也不敢出声。

直到林翠婆婆骂出"杀人犯"这三个字，小铃铛撕心裂肺地吼叫起来，这场单方面的"罪行陈述"才被迫中止，林翠终于有了说话的机会，一边捂住小铃铛的嘴，一边泪眼汪汪地望向婆婆，说："会不会是李嫂看错了，小铃铛从来没有伤过洋洋啊……"

老李婆叉着腰冷笑一声："哼，我看错？那是风把洋洋吹下水了？"

"不是这个意思。"林翠焦急解释，"你看，这刚下过雨，渠边都是泥，又湿又滑的，没准是洋洋自己……"

"屁！"老李婆瞪圆眼睛喊道，"我亲眼看到你女儿推了他！洋洋滑进河渠时一把抓住了草根子，小铃铛还用力掐他的手，非要把他弄到水里去！我是气急了才给了小铃铛一耳刮子，要不我无缘无故，打你女儿做什么？"

林翠低头看着女儿脸上轮廓已经模糊的印子，一时语塞。小铃铛趁机推开了母亲的手，嘶声叫道："骗子！骗子！我拉他，我没有推他！"

老李婆翻她一眼，满脸的鄙夷，"做错事了还不承认，满口的谎话，你娘真是教得好。"

林翠委屈得涨红了脸，不敢抬头看自己的公公婆婆，只能揽住小铃铛的肩膀，低声道："你好好说，别咋呼，洋洋到底是怎么掉水里的？"

小铃铛的目光依旧死死系在老李婆身上，语气因为愤怒变得异常低沉："我没有推他，我捞他，她就把我推开，还打我！"

老李婆再次嘲讽一笑，林翠的婆婆拍案而起，大声道："够了！小小年纪就害人，遗传你娘吧？赶紧给我滚蛋！"

"我没有害人——！"小铃铛嘶哑的声音几乎要渗出血来，林翠心疼她的嗓子，急忙捂住她的嘴，低声劝道："不哭了，我们先回房，乖。"小铃铛也没力气再叫喊，只是身体剧烈地颤抖着，呼吸又粗又重。

2

林翠抱着女儿推门离开，脚步很轻，生怕再弄出什么响动惹恼婆婆。小铃铛身上的泥巴还没清理，已经干得发白，走到院子里时，林翠将她放下，泥巴便一块块往下掉，砸在刚发芽的嫩草地里。

林翠深深吸了口气，又努力睁大眼睛，眺望屋檐上的霞光，手掌贴在小铃铛头顶，掌心里的头发软绵绵的，就像刚发芽的小草。小铃铛还在断断续续地抽泣，声音在空荡荡的大院里细若蚊鸣。

这座大院是公区小学的操场，中央还立着国旗杆，院子一面是教室，另一面则是学校老师和伙计的住处，林翠的公公便是小学的校长，一家人住在大院南面，在外人眼里过得勤恳质朴，只有身在其中的林翠知道，公婆一家就像塞满了是非的旋涡，一旦掉进去，就再难爬出来。

　　林翠的丈夫是校长的次子，生得斯文，是当地为数不多的考上了大学又重返家乡工作的有为青年，被当地领导提拔，调去了相对繁荣的大雁城工作，每隔两三月才回家一次，每次回来都要给家里人带些好东西，校长一家甚是疼爱这个小儿子。

　　最初林翠也和其他人一样，觉得丈夫出身书香门第，自己能嫁给他是三生有幸，可进了门才知道，她嫁给的不仅是丈夫宋平，更是宋平的父母、大哥大嫂……一大家子需要她照顾和容忍的人。

　　宋平的父母挑剔，觉得林翠的文化水平不如儿子，样貌也不是非常出众，站在儿子身边十分寒碜，婚礼时便冷着脸坐在宴席上，婚后更是禁止儿子买房，强行将林翠留在大院里，美其名曰让她代替儿子尽孝道，实则百般刁难欺负。林翠过得委屈，又不敢顶撞，结婚后操持家务的本领没练出多少，倒是性子越来越耐得起折磨了。

　　但再怎么能忍，看到女儿被打肿了脸，也会心如刀割。

　　林翠摸着小铃铛的脑袋，觉得这口气堵在胸腔，必须发泄出来。她蹲下身，轻轻揉了揉小铃铛的眼角，把风干了的泪痕抹去，严肃地问："铃铛，是你推了洋洋吗？"小铃铛抬起脸，摇了摇头。林翠起身，牵起女儿的手说："好，咱先回去换身衣裳。"小铃铛眨巴着肿成面团的眼睛，吸了吸鼻子，喘息渐渐平稳下来，跟着母亲一步步走回卧室。

　　春天才到，山上的雪水一路翻滚而下，填满了水库，又把河渠变得拥挤，空气里带着泥土和草的腥味。林翠盼着这个春天，盼着能穿上刚做好的碎花裙子，与丈夫女儿去公园野餐，去露天影院逛一逛，去西街的夜市上凑凑热闹。就像大多数人一样，林翠也对新的一年满怀憧憬，她早就整理好了心情，一边小心翼翼地与婆婆一家相处，一边等待丈夫的假期，可偏偏，小铃铛惹了一场祸，把她小心维持的一切都破坏了。

林翠回屋给女儿换了身干净衣裳，又洗了把脸，打起精神，拉着女儿走出卧室。她现在只能想办法证明小铃铛没有推人，是老李婆眼花看错了，这样，她才能在婆婆面前挺起胸膛，才能在大哥大嫂出差回来接洋洋时免去罪责，最重要的，她要让这一整年的气运回到正轨。

林翠牵着女儿走出院门，往左，学校商店的张大姐正在扫地，邻居们和往常一样聚在商店门口的长条凳和四脚桌上，打牌的、打麻将的、唠嗑的都有，老头的烟斗敲得桌子哽哽响，输了牌的人叹着气往地上啐了一口痰，张大姐高声叫着注意卫生，男人们不屑一顾，叼在嘴里的烟头把眼前熏得白茫茫一片。

林翠走上前时，跷着二郎腿的男人把腿放下，笑眯眯地朝她道："哟，翠儿来商店买东西啦？缺什么呀？"张大姐一笤帚拍在男人腿上，丢给他一个白眼："瞧你那德性，人家可是有老公的人！"男人一副无所谓的模样，继续朝林翠卖笑。林翠微微扬起下巴，轻咳一声，牵着小铃铛往张大姐身边走了一步，问道："大姐，你这儿有谁看见下午的事了？"

几个唠嗑的老太太突然安静下来，连带着，没注意到林翠的人也回头瞥了一眼，神色略为扫兴。林翠趁机又问了一遍："下午有谁在渠边吗？洋洋掉水里的时候，谁看见啦？"她平时在家里低声下气惯了，可在外人面前她仍旧是那个"嫁进校长家的幸运女人"，因此她这几声轻柔的问话，在嫉妒她的妇人们眼里十分矫揉。

一连好几个声音回她："没看见。"一个妇人端起双臂，斜眼将她望着："你来这儿问什么呀？下午的事大伙都知道，你家小铃铛推了她的小堂弟，幸好李嫂去得及时，把小家伙捞出水了，要不然你现在就该哭丧了！"

小铃铛突然攥紧林翠的手，大叫了一声："骗子！"所有人都愣了一下，被骂的妇人瞪圆眼睛，两三步走来，狠狠在小铃铛脑门上戳了一下："嘴这么毒，厉害呀！"小铃铛的脸瞬间憋红了，跳起来就去抓妇人的手。林翠慌忙把她按住，声音难得严厉一回："没大没小的，我平时怎么教你的？"小铃铛呼哧呼哧喘着气，活像一头野兽。

旁边几个瞧热闹的也凑过来，七嘴八舌，林翠只听到有人说："还不是自己教出的孩子，一点事都忍不了，怪不得推人下水。"还有人说："以前没看出来啊，小丫头片子脾气这么大？"有人接道："性格是随娘的。"

林翠在家里才受过气，没想到出了门还要被人指着鼻子骂，气急了，抓着小铃铛，当众就问："你说实话，这么多人看着呢，是不是你把洋洋推下水的？"小铃铛方才涨红的脸一下有些发白，半天发不出声，片刻后"哇"的一声大哭起来，比之前在厅堂里更加凄厉。这一哭，林翠也更加烦躁，把女儿的手一甩，转身兀自往回走。

凑热闹的人这才扮起好心，远远朝林翠喊："孩子还小，不懂事，别跟她计较啦！"只有那妇人不甘吃亏，推了小铃铛一把，高声道："快把你家野孩子带回去，重新教育一下，免得明天把我家小光也推下水！"

小铃铛本在号啕大哭，浑身力气都在脑袋上，被她这一推，头重脚轻地往后连跌几步，摔在水泥地上，脑袋碰在长条凳的一角，坐在凳子上的人赶忙跳到一边去，只有商店的张大姐反应及时，一把将小铃铛抱起来，扒开头发看了看，好在没有摔破。那妇人见状，颇为尴尬地往后退了退，撇着嘴道："啧，这么容易就摔倒，装给谁看呢。"

张大姐白她一眼，从口袋里掏出一块水果糖，放在小铃铛手心里，好言劝道："不哭了，阿姨知道你不是坏孩子，快点回家去吧。"小铃铛边哭边看着手心里的糖，糖纸是半透明的，亮晶晶的浅绿色，就像无数个星星在朝她眨眼。

小铃铛心里好过了一点，用袖子擦了擦脸，望着面前的女人，哑声道："阿姨，我没有推洋洋。"张大姐笑了一下，摸摸她的脸："没有就是了，小铃铛这么乖，昨儿还帮阿姨扫地呢，今天的事过去了，就别惦记了啊。"

小铃铛的眼睛一下亮起来，牢牢抱住她的手臂，两团眉毛皱在一起，十分焦急地说："那你去跟我妈妈讲，我没有推洋洋！"张大姐站起身，有些为难："阿姨相信你，但是下午阿姨也没在渠边，不能给你作证的。"小铃铛皱着眉头，不死心地看着她。

"快点回来！"林翠站在大院门口喊了一声。小铃铛委屈地撒了手，一边往回走一边回头望着张大姐，张大姐冲她一笑，转身继续忙活了。

3

做了晚饭之后，林翠还没吃几口就接到大哥大嫂的电话，那边将她劈头盖脸骂了一顿，婆婆在旁边看着，还不能不听。好容易挨过去，想着晚上能清净点儿了，又被婆婆叫去，要她夜里守着洋洋，以免洋洋受寒发烧了没人知道。

林翠在洋洋床头坐到深夜，大胖小子睡得极安稳，一点生病的意思都没有。

窗外明月高悬，林翠给洋洋掖好被子，准备在靠椅上将就一晚，刚侧身窝进椅子里，门突然被推开了，她条件反射地直起身子，还没看清，门外人已经走到面前，抬手就在她脸上扇了一下。

房间的灯被打开，大嫂怒气冲冲地站在面前，林翠的脑袋有点蒙，等大嫂庞大的身躯挪开，她才看到站在门口的宋平，宋平一只手还搭在电灯开关上，一脸责备地看着林翠。

"看看你干的好事！"大嫂号哭着去抱洋洋，把睡得正香的儿子吵醒了。宋平走进来，拉起林翠问："到底怎么回事？大嫂说出了大事，喊我连夜赶回来。"他说着扭头看了一眼正在大嫂怀里不满地哼哼的洋洋，又问林翠："洋洋怎么了？"

林翠见了丈夫，第一反应本该是欢喜的，眼下却怎么也欢喜不起来，甚至愈发委屈了。她低垂下头，脸上挨了一巴掌的地方火辣辣地疼，疼到心窝里去了。丈夫不是回来看她的，而是陪大嫂一起来问罪的。

大嫂的动静把隔壁屋里的公婆吵醒了，学校大院里的灯亮了一半。

等林翠再度回神，她又站在了客厅的角落里，和白天一样，公公婆婆坐在沙发上，目光如刀子般剜着她。老李婆披着一件大衣站在客厅中央，一边比画一边重复洋洋落水的事。大嫂抱着洋洋，心疼地从上到下仔细察看。宋平坐在林翠身边，表情疲惫。

等老李婆说完事情经过，大嫂一声呜咽，目光含恨："林翠，我们平时待你不薄吧？你到底对我有什么不满，竟然唆使你女儿去害我们洋洋？啊，你说话呀！"林翠隐隐咬牙，看了一眼自己的丈夫。

她平日里受的窝囊气太多，无人倾诉，只好等丈夫休假回家了向他发发牢骚。却不知她的牢骚，让宋平这个自以为了解父母和兄嫂的粗心男人，总以为她是对自己的家人不满。

宋平侧过脸，对上了她的视线，却没有要开口的意思。林翠立刻深吸一口气，朝大嫂道："这件事确实是小铃铛错了，但并不是我叫她做的呀。小孩子难免起争执，小铃铛平时都让着洋洋的，这次只是……"

"只是什么？"大嫂厉声道，"是手滑了？还是盼着洋洋去死？"一提到"死"字，婆婆脸上的怒意更明显了，大嫂也愈发咬牙切齿："我告诉你林翠，要是宋辉在，你今晚上挨的就不止是一巴掌了！"

"行了行了！"一直默不作声的公公突然轻轻拍了一下桌子，开口道，"两口子出差，回来你一个就够了。洋洋这不是没事了嘛，别耽误工作，早点儿休息吧！"

大嫂怀里的洋洋早就睡着了，在争吵不休的环境里嘟着嘴吐泡泡。大嫂却不依不饶道："反正我请了两天假，回来照顾儿子，这个误工费，林翠是要承担的。"林翠惊讶地张了张嘴，还没出声，宋平就说："知道了，先回屋休息吧。"

宋平和林翠出了厅堂，穿过院子回到自己的卧室，刚关上门，林翠就忍不住啼哭："这都什么事呀……"宋平揉了揉太阳穴，坐进椅子里，沉声道："刚才听妈说，你下午一直不承认铃铛有错，还顶撞她，怎么回事？"

林翠急得跺了跺脚："我没顶撞她，就是觉得小铃铛不会这么做，怕李嫂看错了，才辩解几句。我在妈面前都不敢大声说话，怎么敢顶撞她……"宋平叹气道："李嫂都亲眼看见了，还能有假？再者说，就算门卫室离这儿只有几步路，人家大半夜地跑来，就为了诬陷一个小娃娃，这可能吗？"林翠也跟着叹了口气，摇头道："是我以为小铃铛不会这么干。"

夫妻两人在卧室里坐了一会儿，无言以对，里屋传出窸窣的动静，林翠起身去看，见小铃铛在床上蜷成一团，"唔唔"地闷哼，紧张地上前一探，发现女儿体温异常，惊道："老公，小铃铛发烧了！"宋平连忙过来，打开灯，摸了摸女儿的额头，旋即转身去翻抽屉，找出体温计和退烧药。

"下午还好好的呀。"林翠着急，想起自己晚上一直在洋洋身边，也不知道女儿是何时开始发烧，烧了多久，就一阵懊恼。

宋平道："做坏事，遭报应了。"林翠哑口无言，默默地托起女儿，解开扣子准备量体温，却发现小铃铛手臂僵硬，拳头攥得死死的。

见女儿醒着，林翠皱眉道："胳膊抬起来，量体温。"

小铃铛慢慢睁开眼。天花板上的吊灯刺目，把头顶两个大人的脸映得黑乎乎一片，她僵硬地、一字一句地说："我没有推他。"

林翠听了简直气得想打她，宋平沉着脸，说："谁能给你作证？"小铃铛沉默了一会儿，眼眶越来越红，良久，才突然想起什么似的大声说："思思和小光就在旁边玩，他们看见了！"

林翠惊讶地一挑眉，和丈夫对视了一眼。宋平道："那好，明天去问问，先量体温。"

4

小铃铛吃了药，烧却一直没退，第二天早上国歌一响，她就爬起来叫爸爸妈妈。

正是星期一，学生都站在操场上举行升旗仪式。思思和小光都是邻居家的孩子，也都在这所公办小学念一年级，很好找，早读还没开始林翠就带着女儿找到思思，问了一遍昨天下午的事。

思思皱着眉头看了小铃铛半天，林翠说："没事，你看见什么就说什么。"思思仍旧皱着眉头，慢吞吞地说："我确实在河边玩呀，可是没仔细看小铃铛和洋洋，就听到有人喊落水了，其他小孩都在乱跑，我就跟着一起跑，然后看见小铃铛被李奶奶推倒了，还挨了一耳光，特别响！"

思思正说着，另一个小女孩跑过来，挽住思思的手，笑嘻嘻地说："我听说了，洋洋抢了小铃铛的玩具，小铃铛要报复他，没想到是这么报复的！"

林翠闻言倒吸一口气，看着女儿。小铃铛自己都没反应过来，愣了半天，才说："我没有……"

经这一提醒，林翠也回想起来，数月前丈夫回家，给女儿带了一套过家家的玩具，被洋洋抢走了，小铃铛哭闹了一场，林翠去讨，却被婆婆拦了下来。难道是因为那件事怀恨在心，才借机把洋洋推下水？林翠想想觉得后怕，睁大了眼睛看着女儿。

小铃铛着急地说不出话，拽住妈妈的手往另一间教室走，一边拽一边说："小光哥哥也看见了，你去问他！"

林翠被拉到小光面前时，宋平刚好也找过来，谁知小光搓了搓鼻子，看见小铃铛就骂了一句"害人精！"，扭头就走。

宋平两步挡在男孩面前，沉声道："谁教你这么骂人的？"小光扭头瞥了小铃铛一眼，不屑地说："我妈说的，小铃铛是害人精，林阿姨也是，还在商店门口跟人眉来眼去！"

这一说如同五雷轰顶，宋平的脸直接青了。林翠抛开女儿的手，一把按住小光的肩膀，怒道："你说什么呢？！"小光吓得往后一缩，泥鳅一般从林翠手中逃脱，转身冲进教室。教室里数十双眼睛看着，数十对耳朵听着，林翠只觉颜面全无，脖子根到脑袋顶都充血了。

宋平气得浑身发抖，也不等她解释，甩手就往回走。林翠追了两步，又回头看看呆立在原地的女儿，再追两步，回头朝女儿叫道："还真是害人精，回头再找你算账！"

小铃铛在原地看着父母走远，教室门框上的电铃突然打响，尖锐刺耳，震得她整个脑袋嗡嗡直响。她茫然地四处望了望，又扭头寻找教室里的小光。进门的老师以为她是学生，推了她一把，她踉跄着进了教室，全班学生都哈哈大笑。她看见小光坐在教室末排，朝她做了个难看的鬼脸。

老师这才看清她是校长的孙女，无奈地摆了摆手，喊她出去。小铃铛木然地转过身，朝家的方向走去。

春天才到，空气里带着泥土和草的腥味，小铃铛原本期待着再过一个春天，就能和教室里的哥哥姐姐们一样背着书包上学堂，可现在，她一点儿都不想再见到那个地方。

卧室里传出林翠和宋平的争吵声，小铃铛站在门外，听着那些从未听过的词语，觉得浑身发凉。她在门口徘徊了一会儿，掉头走出大院。

商店的张阿姨在扫地，那些成日聚在商店门口打麻将的大人们此刻还在被窝里。小铃铛攥着拳头走过去，晃悠悠的，好像随时会摔倒。

张桂英弯着腰，扫帚"唰唰"地在水泥地上刮出印子，尘土飞扬的视野里突然出现一双小脚，她吓了一跳，直起身，看见小铃铛可怜巴巴地望着自己："小铃铛怎么啦，来买糖吃？"

小铃铛摇摇头，慢慢伸出拳头，摊开手，露出张桂英昨天给她的那颗亮晶晶的水果糖。只是捏得久了，有些变形。

张桂英不解地看着她，只听她低声问："阿姨，我是在拉洋洋，还是在推洋洋……"张桂英拧起眉头，更加不解了："你昨个儿不是说没推吗，怎么反过来问我啦？"她放下扫帚，蹲在小铃铛面前，揉了揉她的头发，发丝软软的就像刚发芽的小草。

小铃铛声音颤抖地说："我有点……记不清了……"她放下手，退了两步，眼睛里冒出亮晶晶的泪花。

张桂英心疼她，又从口袋里掏出一把水果糖，塞进小铃铛衣兜里："好孩子，别听那些人胡说，阿姨知道你没推洋洋，你要相信自己呀。"

小铃铛却失了魂似的一动不动。"害人精""小畜生""杀人犯"这些在她认知里最可怕的词语一窝蜂地占据了她的脑袋。她不明白为什么连妈妈也不相信她了，为什么爸爸没有为她争辩一句，为什么看见真相的思思和小光不替她作证，为什么所有孩子都指责她、笑话她……难道，她在河边伸出的那只手，真的是在推洋洋？

小铃铛直勾勾地盯着自己的手，低声问："阿姨，你相信我吗？"张桂英摸摸她的脸，笑着说："小铃铛这么乖，阿姨当然信你。"小铃铛却猛地抬起头，平日里黑白分明的眼睛布满血丝，大声叫道："你不信我！你也不信我！"

她叫得歇斯底里，像一只发狂的幼兽。张桂英吓得一哆嗦，突然被小铃铛用力推开。"哎！你去哪儿？"张桂英叫了一声，却见小铃铛头也不回地跑远了。

一直到中午，校长家的大媳妇抱着儿子来买零食，张桂英才找着机会问一句："小铃铛回去了吗？"大媳妇翻了翻眼睛，仿佛听到了什么晦气词儿，置若罔闻，扭头问自己儿子想吃什么。

老李婆正坐在商店门口的长条凳上打牌，闻言冷笑："不知那小害人精又搞什么幺蛾子，我可招架不住！"同桌打牌的妇人连啧两声，讥诮道："行了吧李嫂，你昨天也没好好看孩子，要不是我家小光喊你，你还不知道有人落水了呢！""嘘！"老李婆立即低声喝止，狠狠瞪了妇人一眼，又飞快看一眼洋洋那边，心虚地擦了把汗。

洋洋他妈是没听到，张桂英却留意了，把手里的活儿一放，绕到老李婆身后："我刚好像听见，昨天洋洋落水时你根本不在跟前？"老李婆嘿嘿笑起来，皱巴巴的脸挤在一起："没有，你听错了。"

张桂英沉了口气，大声问："你到底看没看到，洋洋是怎么落水的？"她本就长得圆润，放大嗓音底气十足，周围牌桌都跟着安静了，齐刷刷望过来。校长家的大媳妇也是一愣，扭头望向老李婆，道："我妈昨天不是托你照看洋洋吗？你怎么不在跟前了？"

老李婆干咳两声，揉搓着手里的牌。张桂英气得一拍桌子，质问道："你是不是怕担责任，才污蔑人家小铃铛？！"

四周鸦雀无声，老李婆怒冲冲瞪向大嘴巴妇人。妇人被她一瞪，索性扔了手中的牌，嫌恶道："瞪什么瞪？自己做的事还怕别人说？"又扭头朝洋洋他妈说："不知道吧，她昨天下午跟我们在那头打麻将呢，哪有时间管你家胖儿子！"

正巧，做好午饭的林翠出门来找女儿，张桂英瞧见，立马招手："来小翠，过来听听到底怎么回事！"

林翠远远瞧见大嫂和洋洋，心说又没什么好事，早上跟丈夫吵架的气还没消，极不情愿地走到跟前，只见商店的张大姐从店里取出一块金币巧克力，放在洋洋眼前，一字一句道："洋洋乖，回答阿姨一个问题，这糖就是你的。"

洋洋口水都快流出来了，连忙点头。张桂英问："昨天，你小铃铛姐姐推你下水了吗？她是在推你，还是在拉你呢？"

洋洋吞了口唾沫，肥嘟嘟的脸蛋抖了抖，紧紧盯着巧克力，根本看不见拼命朝他挤巴眼睛的老李婆，响亮地答："没有！姐姐在拉我！"周遭顿时哗然。

林翠一怔之后，一把拽住老李婆的胳膊："怎么回事？你当我妈的面怎么说的？你污蔑我！"老李婆枯瘦的脸往下吊着，抿紧嘴巴不说话。张桂英拍了拍林翠的手背，劝道："先去找找小丫头吧，肯定委屈得紧，一上午都没见着人了。"

"对，小铃铛……"林翠回神，匆忙跑回大院喊自己的丈夫。

初春的空气里弥漫着泥土和草的腥味，阳光越是温暖，山城

　　　　　　　　　　　　　　　　　　天鹅湖　|

的渠水就越是湍急，那些被阳光融化的雪水顺着渠道流淌，却融不进阳光的暖意，永远是冰冷刺骨的。

林翠和丈夫把大院每个角落都找遍了，又把附近几条巷子翻了个底朝天，依然不见小铃铛的身影。实在没办法，他们发动了学校和商店里的人一起找，从下午找到晚上，还是没消息。

暮色已沉，林翠和丈夫都疲惫不堪，坐在商店门口休息时借了一支手电，准备继续找。张桂英突然问："渠边找了吗？"宋平摆手道："孩子们常去的那段河渠，绕过大院，一眼就能看见，小铃铛不在那儿。"张桂英也不知在想什么，又问："没走近看看？"宋平懒得理她，心道一眼看过去就知没人的地方，走近了又有什么意义。

林翠抱着水杯，突然对上张桂英的视线，两人眼中都闪烁着些微的不确定和惊恐。林翠猛地起身，说："我去看看！"张桂英也觉得自己想多了，有些不安，关上店门和她一同跑向河渠。

一如宋平所说，渠边没人。

夜色就像漆黑的纱笼罩在水面上，静夜里的水声十分清晰，就像在耳边流过。林翠拿着手电来回照着，张桂英满脑子都是最后一次见小铃铛时的情景，小铃铛问她："阿姨，我是在拉洋洋……还是在推洋洋？"如果真相被议论淹没，连孩子自己都分不清了，那该怎么证明自己？

大概就是来到水边，重新回忆事情的经过。

张桂英想着，眼前浮现出小铃铛蹲在渠边，模仿洋洋落水的动作。她的目光从泥泞的岸边慢慢移到水流上，来自雪山的水冰冷刺骨，"哗哗"拍打在渠道中央的大石头上，溅起白色泡沫。

林翠的手电从水面扫过，张桂英呼吸一顿，手电的光束移开了，她的视线却落在渠水中央的石头缝里，再没移开。

月亮慢慢爬上山头，浅浅的月光越过云层，落在水面上，仅是微弱的光，也足以反射出泡沫底下亮晶晶的光点。

那些由她亲手塞进丫头衣兜里，还没拆开过的水果糖，卡在石缝里，亮晶晶的糖纸就像无数个星星汇聚在一方天地，眨着眼，与她相互望着，问她："阿姨，你相信我吗？"

给狼一个吻

1 孤独的沙丽

沙丽是最后一只银狼，高傲倔强的种族。

当雪莱夫人将沙丽带回王宫时，整个宫殿的人都用异样的眼光看着她。狼的孩子，野兽，低等生物。不用言语，所有人都明白彼此的想法。

暴乱刚平息，局面很不稳定。雪莱夫人为了保护这只幼狼，将她送到了拉维拉森林北部的小镇里，交给医生凯文抚养。

凯文是个年轻博学的小伙子，咖色卷发，褐色眼睛，笑起来夸张极了，即使只是一个极浅的微笑，他脸上的横纹就像胖熊肚子上的褶皱，让人忍不住想扒开看看里边装了什么宝贝。

"这是凯文医生，我的弟弟。"雪莱夫人将小沙丽交给他，并为沙丽戴上了一条晶莹剔透的钻石花项链，叮嘱道，"记住，从现在起，你是一只普通的狼，不要暴露银狼的身份。钻石花能帮你隐藏气息，千万不要轻易摘下它。"

沙丽郑重地点点头，将钻石花攥进手心里。

凯文的家是幢小木屋，在森林外围的山坡上，离小镇有一段距离。如果不让沙丽下山，她便与外界隔绝了，凯文总是想方设法把她带出去，但这个怕生的孩子不肯走远，凯文只好顺着小家伙。

沙丽喊雪莱夫人一声"干妈"，凯文自然变成了"舅舅"。虽然小沙丽不爱说话，但在需要的时候，只要抿着小嘴叫一声"舅舅"，麻烦总会解决。

比如眼馋冷藏柜里的水果蛋糕时，沙丽拿小脸贴着玻璃，两只大眼睛恋恋不舍地从蛋糕移到凯文身上，却遭到他一本正经地拒绝："不是刚吃过饼干吗？这样不行，会长蛀牙的，大蛀牙！"

"我要蛋糕嘛，舅舅……"

"……"

这个时候，凯文总是沉默着妥协了，脸上的横纹呈现出无比爱怜的形状，然后亲手把女朋友送的、准备观赏两天再品尝的水果蛋糕递到沙丽嘴边，有时还会附加一句："再叫一声我就给你！"

几周过去，沙丽渐渐贪玩起来，却很乖地遵守着与雪莱夫人的约定，时刻戴着那条充满魔法的钻石花项链，再想奔跑也不变回狼形。

她去过最远的地方是木屋附近的一条小溪，带回来一大堆奇形怪状的石头，说要将漂亮的石头送给干妈。但之后，那些石头都被凯文用来铺路了。

她有时还会发泄一下兽性，弄乱凯文的书房，但只要不碰到凯文的医药箱，凯文就永远不会发火。所以沙丽知道了，医生的箱子是绝对碰不得的。

凯文每个月都能拿到雪莱夫人寄来的生活费，看着小沙丽每天活蹦乱跳，有时还会认真研读他的医书，凯文越来越觉得抚养这只小狼是件轻松的差事。但事实证明，他错了。

沙丽害怕黑房间和打雷的声音，即使和凯文睡在一起，也一定要亮着小夜灯才睡得着。如果遇到雷雨的夜晚，凯文就注定要彻夜不眠地哄她，在每一次雷声将她惊醒时，抚摸那一小片被汗水濡湿的脊背，在她耳边呢喃："没事，不要怕，舅舅在这儿呢。"

凯文经常出诊，不能时刻陪伴沙丽，便特地买了一只玩具熊给她。

凯文挑选布偶时，一眼就相中了这只小熊，圆脑袋圆肚子，系着粉白相间的条格围巾，脑海中莫名地将它和沙丽配在一起。没错，大眼睛小鼻梁，洋娃娃似的沙丽很适合抱一只小布熊！

"这是什么？"沙丽接过小布熊，举在面前仔细打量，眼中难掩喜爱之色。但屡次宣扬自己已经长大的沙丽想了想，觉得不妥，又将小熊递了回去："这是小孩子的玩具！"

凯文笑眯眯地望着沙丽，重新将小布熊塞进她怀中："你不要，我只能把它扔掉咯，你忍心让这么可爱的小熊暴尸野外吗？"

沙丽皱起鼻子，摇摇头："扔掉多可惜，那给我吧。"

于是，一边宣扬自己不是小孩子的沙丽，抱着小布熊进了梦乡。

第二天晚上，一朵巨大的乌云飘到了拉维拉森林上空。

凯文今天不忙，陪小沙丽玩了很久，直到变天了才回屋。沙丽换好睡衣，趴在床上等凯文讲故事，却忽然想起小布熊忘在了屋外的石桌上。

她光脚跑出屋子，出门之后被大风吹得睁不开眼，风中有一丝味道，断断续续地扑在脸上。沙丽愣住，像一只刚出洞的土拨鼠，惊奇地转动脑袋四处寻望。

天生灵敏的嗅觉，让她闻到了再熟悉不过的味道——狼，同族的气味。

　　确定方向后，沙丽毫不犹豫地扑进丛林，追着那特别的味道飞奔起来。那一刻，她恨不得变成狼，四脚着地，跑得更快些，追得更紧些！

　　就算是玩耍过无数次的林子，到了夜晚依旧会变得陌生。尤其当暴雨倾泻而下时，沙丽不停地在泥中跌倒，恐惧感逐渐增强，两只拳头紧紧攥着衣摆，前进的脚步却不曾中断。

　　狼的味道，同类的味道，找到这味道的主人，是她此刻唯一的目标。

　　但很快，一道闪电叫停了她的步伐，吓白了她的脸。沙丽尖叫着蹲在地上，死命捂住耳朵，轰隆隆的雷声里，夹杂着她号啕大哭的声音。

　　半年前的雨夜，也是这样。

　　狂风怒吼，电闪雷鸣，一群强盗闯进沙丽家中，用砍刀割开了父亲的咽喉，一把火烧掉她的家。躲在水缸里的沙丽眼前一片漆黑，靠着挡板与水面之间的空隙艰难呼吸。她听见强盗的嘶吼，听见狂暴的雷鸣，仿佛死神咆哮着击打水缸，一下接一下，将她逼上恐惧的巅峰。

　　"你在干什么？"男孩子的声音和风一起刮来。

　　沙丽依旧不敢抬头。她怕一睁眼，就看见燃烧的房屋和父亲掉在脚边的头颅。

　　"跟我来！"一只手用力抓住沙丽的胳膊，拉着她在雨中狂奔。

　　沙丽闭着眼睛，跟着那股力量向前跑，直到四周一静，雷雨声被隔绝在外，她才缓缓睁开眼，发现指尖的水渍淌在光亮的木质地板上，身边充盈着暖暖的鹅黄色光线。

面前，一个湿漉漉的男孩正弯腰喘着气，乌黑的短发成簇贴在脸上。

怕生的沙丽第一次欣喜若狂地拉住陌生人的手，只因为这个人，散发着她再熟悉不过的，狼族的气息！

2 快乐的狼

沙丽在一个雨夜认识了安杰，一个黑色头发的小男孩，同是狼族，比沙丽大两个月。沙丽从来没想过，也许会成为她一辈子梦魇的雨夜，同样给她带来了孤独世界里唯一的朋友，安杰。

认识安杰以后，沙丽的活动范围从木屋附近扩大到了山脚下、小镇郊外的一座洋房里。那里是安杰的家，住着安杰和一个被他叫作"老妈"的女人。

女人名叫尼娜，并不是安杰的母亲，而是个未婚的漂亮阿姨。

每当尼娜听见安杰喊"老妈"，总会发出气吞山河的咆哮声："把那个'老'字去掉！"安杰不以为然，顶多改口喊她"老娘"。

安杰喜欢木雕，他的房间里摆满了各式各样的木头模型，还有他亲手做的杨木椅子。那些杨木是他从附近的家具制造厂里分几次搬出来的，尼娜不准他再偷人家的木料，他却不承认是偷，而是废物利用。

沙丽看着做工精美的木椅，不停地赞叹安杰的手艺。

安杰拍着胸脯说，等他成为木匠，会做出世界上最好看的家具！

沙丽得到凯文的许可，每天都能下山找安杰玩。安杰在家庭授课结束之后，马上陪着沙丽满山疯跑。

安杰时常变回狼形，跑在沙丽前面将她甩下好远，然后掉头冲回来将沙丽扑倒，有时也会绕一圈从后面扑，无论是速度还是力量，安杰都更胜沙丽一筹。

"不是说你也是狼吗，为什么不变给我看看？"安杰不止一次要求沙丽变成狼给他瞧，沙丽却摇头不答应。她要遵守和雪莱夫人的约定，不能轻易变回狼形。

这惹得安杰很不高兴，他认为沙丽根本不是狼，于是"嗷呜"一声，咬住沙丽的裤腿，将她从半山腰拖下去，弄得她一身树叶泥巴。

只要能跟安杰一起玩，无论发生什么沙丽都不会生气。说实话，她觉得安杰帅呆了，一身黑色狼毛，奔跑起来英姿飒爽！

安杰在二人的玩耍世界中总是充当着指挥官的角色，并且无论他做出什么决定，沙丽都会乖乖跟随。

但是，在这样的无条件信任被破坏两次之后，沙丽终于生气了。

第一次，两只小狼在河边嬉水，眼看快要下雨，安杰却做出沿着河流向上跑的决定，以探索河流源头为目标，带着沙丽奔向最接近云层的山顶。

没多久，大雨以迅雷不及掩耳之势泼洒下来，河水上涨，湍急的水流差点儿卷走沙丽，好在安杰及时抓住她，却因为吓坏了，两个小家伙抱着树干瑟瑟发抖。惊雷落下时，沙丽尖叫起来，腿一软跪在了泥里，安杰急忙抱住沙丽的脑袋，高声呼喊救命！

当凯文冒着大雨找到两个孩子时，他们躲在岩石底下的洞穴里，沙丽缩在安杰怀中，迷迷糊糊地睡了过去。为此，安杰回家后挨了一顿打，还被关了两个星期禁闭。

沙丽第二次生气，是尼娜邀请她到家里玩的那一天。安杰要她带上最喜欢的玩具，于是，沙丽乖乖抱着小布熊去了。没想到，安杰不但嘲笑她幼稚，还顺口说起打雷的事，说沙丽是胆小鬼，真正的狼族不该惧怕打雷！

沙丽气得浑身发抖，扭头冲出屋子。安杰去追她，却被那双大眼睛里来势汹汹的泪花吓得愣在原地。

沙丽跑了，安杰后脑勺上还挨了老妈一巴掌。

为了请求沙丽原谅，安杰在尼娜面前死皮赖脸求了一上午，尼娜终于答应为他出面，特地做了一篮水果蛋糕，带着他上山拜访医生。

结果这一去，沙丽在凯文的惊叫声中被撵出屋子：

"尼娜！"

"凯文？"

"居然是你！"凯文激动地抓着他的女朋友，难以置信她居然是安杰的妈。

尼娜为了解释她收养安杰的原因，和凯文唠起嗑来，沙丽自然被迫不及待想和女友独处的凯文赶出门找安杰玩。

沙丽更委屈了，小嘴嘟着，一把将蛋糕篮子塞进安杰怀里，转身就走。

"你别走啊！"安杰追一步，沙丽就跑两步，这么一来一去，就像两只调皮的小青蛙，一边追逐一边叫唤。

"沙丽！"安杰见她不肯停下，眼珠子一转，故作神秘道，"我本来想着，如果你原谅我了，我就带你去荧光山谷玩！"

沙丽顿住，注意力落在了"荧光山谷"上，却不愿放下面子，别扭地努努嘴："想让我原谅，你好歹先道歉啊！"

安杰一听，立刻眉开眼笑："对不起，我错了！"

道歉是件容易事，但要重建沙丽的信任可就没那么简单了。

安杰带她前往荧光山谷时，沿着上次涨潮的河流走了很长时间，原本没多远的路，沙丽却一次次停下质问安杰。她怕又遇到电闪雷鸣，担心会被河水冲走。安杰再三保证不会有事，沙丽才勉强跟上去。

"你为什么害怕打雷？"走着走着，安杰牵起了沙丽的手。

这个不经意的动作让沙丽安心了许多，她又将手往安杰的手心里钻了钻，低头看着脚下的石子，一步步踩着，听它们的嘎吱声。

安杰说："你不回答也行，但是待会儿到了荧光山谷，你要让我亲一下！"

沙丽瞪圆眼睛："为什么？"

"我也不回答。"安杰嘿嘿一笑，加快了前进的速度。

走到一片断崖下时，沙丽有些生气，眼前明明是条死路，安杰却乐呵呵地说到地方了。

没想到，看似死路的崖壁下有一个拱形的洞，茂盛的杂草挡住了洞口，使它看上去无路可走，但只要扒开杂草，匍匐进去，五六米便能穿越岩壁，来到一片绿油油的山谷。

沙丽看见满地青草，还有毛茸茸的黄色花朵，忍不住往前跑了几步，惊叹道："哇，好漂亮！"

"这还不算什么！相信我，再过两个钟头，绝对会让你大开眼界！"说话间，安杰已经变成一只黑狼，飞快冲向山谷深处，消失在高高的花丛中，没了动静。

沙丽回过神，紧张地叫了两声，没人回应。她走进花丛中，半人高的羽状花叶将她淹没，忽然，一团黑影从后面扑来，在她惨叫的同时抱着她在草丛里滚了两圈。

等沙丽看清趴在身边的是一只黑狼，她怒气冲冲地捶了他一拳:"叫你吓唬我!"然后两人厮打在一起,从花丛一端扑腾到另一端,硬是将漂亮的花丛压成了地毯。

直至筋疲力尽,他们趴在几株高挑的玛格丽特花下面,足足睡了两个钟头。安杰醒来时,发现太阳已经沉到山谷下边去了,急忙叫醒沙丽。

"快看,荧光山谷!"安杰将沙丽拉起来,几颗萤火虫般的银色光点绕过沙丽的鼻尖,让她大吃一惊。

不知何时,白日里看到的各类植物相互盘绕在一起,编织的图案就像结在窗上的冰花,它们散发着银色的光点,为山谷制造出星光飞舞的景象。

如果说站在山顶能看见整个世界的宏伟,那么在这里,沙丽看到了大自然精雕细琢的微观世界。她失神地在山谷中转了个圈,脚下腾起的银光将她包围,如同置身于狭长的银河之中。

光点飞进沙丽的衣摆和头发里,她一头银发如同点缀了钻石的绸缎。

安杰忽然喊道:"别动!"沙丽一怔,不知发生了什么,乖乖立在原地,连头都不敢转动。

安杰却拍着大腿笑起来:"你也太好骗了!"

直到沙丽用愤懑地眼神盯向他,安杰才强忍笑意,一本正经地望着沙丽,说:"因为你太可爱了,我才忍不住想要逗你。"

沙丽眨眨眼,没等她反应,安杰居然凑到她身边,亲吻了她的脸蛋。

"你干什么?"沙丽错愕地望着安杰,安杰却只是抿嘴笑着,拉起沙丽的手飞奔起来。

欢笑声再度占据山谷,两双脚踏过的地方,溅起了无数星光。

3 十年后的重逢

沙丽考取了医师资格，在雪莱夫人的引荐下进入皇家医阁工作。

依旧留在拉维拉小镇行医的凯文，总会把自家已经变得成熟稳重的沙丽拿出来炫耀，说沙丽医术精湛是他多年教育的成果，名师出高徒嘛！

但是，对于这个满脸笑纹的男人，大家总会异口同声地感慨一句："可怜的单身汉！"

凯文确实可怜，当年深陷恋爱进入人生第二春，结果不到一年，女朋友忽然远走高飞，带着独自抚养的小男孩安杰从镇上消失，没人知道他们搬去了哪里。包括沙丽。

一夜之间，凯文丢了女友，沙丽丢了小熊。

没错，头一天沙丽还将心爱的布偶托付给安杰，约定下次见面的时间，没想到，第二天他们居然人去楼空，还带走了沙丽的小布熊。因为这个，沙丽咒了安杰整整十年。

没想到的是，十年之后，沙丽进入皇家医阁工作，在为小王子看病的过程中，竟然在侍卫队里发现了安杰！他和当年一样留着乌黑的短发，只是略显古铜色的皮肤和健壮的体格让沙丽以为自己认错了人。

事实证明，她没认错。

安杰的目光与她迎面相撞，他的眼神在一瞬的闪躲之后，又重新回到沙丽身上，甚至还俏皮地朝她眨了眨。那一刻，沙丽满心激动，却完美克制住了表情，丢给安杰一个冷若冰霜的白眼。

"医生，殿下让我送你！"

在结束问诊之后，沙丽刚走进长廊，身上的药箱忽然被人拽住，随之而来的就是安杰那张笑得灿烂的面孔。

十年前忽然消失，十年间毫无音信，如果沙丽能轻易接受他的笑容，简直就像被当成笨蛋耍了一遭！

沙丽甩开他的手，继续往前走："阁下想说什么就直接说吧。"

安杰不客气地重新捞住药箱，笑嘻嘻道："医生的面相很眼熟，不会碰巧是在下十年前的好友吧？"

"哈，哪会有这么巧的事！"沙丽想走，却像蜗牛被钳住壳一样，被药箱束缚了，于是干脆将胳膊从背带中抽出来，脱离束缚继续前进。

安杰提着箱子，诧异道："医生，你的箱子不要了吗？"

沙丽面不改色："既然侍卫大人喜欢，就送您收藏好了！"

安杰："……"

沙丽以为安杰会追上来将药箱还给她，或者亲自将药箱送到皇家医阁去，但她失策了。十年不见，安杰居然染上了收集医药箱的癖好。

在沙丽出诊途中连续舍弃三个药箱之后，她终于按捺不住了："放手！"

"不放。"

"再不放我就控告你侵吞皇家财产！"

"哼，三个药箱顶多让我写篇检讨。"

"……"

看到沙丽气得连耳根都红了，安杰终于笑眯眯地松了手，却一步挡住她的去路，以高出两头的优势将沙丽笼罩在自己的身影下："沙丽医生，能帮我诊断一下吗？"

安杰的个子太高，仰头与他对视是一件很酸脖子的事。沙丽在意识到这点之后，将脑袋转向一边，朝廊柱叹了口气："哪里不舒服？"

安杰拍了拍胸口："这里。"

"左胸吗？说详细点，这个季节容易患肺部疾病，如果喉咙和气管感觉正常，也可能是肋软骨炎。"沙丽扭头解开药箱，有条不紊道，"士兵们训练时容易打伤肋骨，前几天就确诊了一例因肋骨损伤引起的肋软骨炎。"

"沙丽。"安杰忽然抓住那只正在戴听诊器的手，往前一捞，温热的唇贴上有些冰凉的手背，来回蹭了蹭。

沙丽瞪圆眼睛，听诊器咔嗒一声挂在脖子上："……你干什么？"

安杰挑起眉毛，露出一脸无辜的笑容："为什么非要问干什么？十年前也是，明明是你诱惑我亲过去，夺走我的初吻，还要问干什么。"

"什么叫我诱惑你？！"沙丽气得想跳脚，白皙的脸蛋像被丢进开水里滚了一遍，已经红透了，"我怎么你的初吻了，是你自己莫名其妙！还有……亲脸也可以算初吻的话，你的初吻早就献给你老妈了！"

如果这里是宫外，沙丽绝对会劈头盖脸吼他一顿，可是在王宫里，沙丽只能压低嗓音，时刻保持皇家医师的风范。

"哦，是这样啊。"安杰恍然大悟似的按住沙丽的肩膀，缓缓低头靠近，"你在责怪我，没有给你一个像样的初吻。"

"什么跟什么？！"沙丽忽然跳起来，迎头撞向安杰的鼻梁，力气之大足以让那高傲的鼻梁骨塌陷一厘米。谁知安杰飞快撤回脑袋，沙丽猝不及防地，一头撞上了坚硬的铠甲。

一声呜咽之后，医生进医院了。

从沙丽进入医阁以来，工作非常顺利。除了无法应对那个嬉皮笑脸的黑发侍卫，她确诊的病例从没出过错，治疗的方法快捷有效，备受老医生赏识，医阁总管也时常夸她工作谨慎认真。

但沙丽涉世不深，不像那些圆滑的实习医生，成天拍马屁想升职。她很满意现在的工作环境，踏实地完成每一项任务，对其他前来请教的医生，也会谦逊作答，从没招惹过别人，更想不到有人会来对付她。

所以，当安杰对她说"小心点，宫里处处是陷阱"时，沙丽觉得极为可笑。一个悄无声息失踪十年的人，突然出现，时不时跑来骚扰她，还一副"我比了解你的处境"的样子，看着就让人火大！

但没过多久，沙丽就收到了下马威。

一个与沙丽同级的年轻医生拉瑞，突然来警告沙丽，如果敢跟他争皇家医师的奖金，就会让她吃不了兜着走。拉瑞看重的并不是钱，而是地位，但沙丽绝不会因为威胁就放弃本该属于自己的荣誉。

沙丽照常参加评选，以优秀的成绩获得高额奖金，国王亲自授予她勋章，并承诺，沙丽将是医阁下一任首席医师！

之前给沙丽下马威的拉瑞似乎认输了，他谦卑地道歉，又邀请沙丽去药材库指导他。沙丽毫无防备地接受了邀请，却在走进库房的瞬间被人狠狠敲了一棍，紧接着门被上锁，一支火把从天窗飞进来，点燃了药材和木箱。

沙丽惊慌地拍打大门，可所有出口都被封死，只有滚滚烟雾从天窗翻腾而上。

此时正是傍晚，很难分清这烟雾是失火还是炊烟，直到火焰将房顶燃起，烟雾变得浓烈刺目，远处才有人高呼："失火啦！快去救火啊！"

轰隆隆——

沉闷的雷声将沙丽惊醒，她猛地睁开眼，安杰急忙握住她的手，轻声安慰："不要怕，有我在。"

沙丽缓缓回神，发现自己身处医院，窗外的月光冰冷又苍白。

安杰肩上缠着绷带，那是他冲进火海救沙丽时被掉落的房梁砸伤的。沙丽没被烧伤，只因为吸入浓烟昏迷了很久，如果没有这场电闪雷鸣的大雨，恐怕很难唤醒她。

"是谁干的？"安杰将她扶起来，自己也坐上床头，一手揽住沙丽的肩膀，一手端起水杯喂她。

沙丽捧住杯子，乏力地靠着安杰，半天，只轻轻说了一句话："是我太自大了，没听你的……"

"告诉我，"安杰低头凝视她，声音不大却铿锵有力，"是谁干的，我会十倍奉还！"

沙丽知道凶手是谁，却没有证据，所以即便告诉安杰，她也不指望那个恶棍能受到惩罚。

可让她意外的是，不到一个月的时间，关于拉瑞的负面消息接连曝光，就算是流言蜚语，也足以动摇他在医阁的地位。很快，拉瑞因为贿赂评审官被下令逐出了王宫，彻底身败名裂。

更令人震惊的是，拉瑞被逐出王宫之后不久，竟因为赌博被人砍掉了双手，虽然保住一命，却因此变成了疯子，整天大呼小叫，歇斯底里。

沙丽曾听同僚说起拉瑞，据说他疯了之后，经常趴在地上撕咬靴子，并在深夜撞击门板，直到头破血流才肯停下。至于他大呼小叫些什么，流传最多的是：

"看啊，狼！那是一头狼！"

4 无情的背叛

自从沙丽被任命为首席医师，安杰与她见面的机会明显减少了。

沙丽因为绝妙的医术被国王重用，成为国王的私人医生。在问诊时，她为国王的医疗政策提出了一些有价值的建议，深受国王赏识，国王想赐予她爵位和土地，但沙丽拒绝了赏赐，只想专心做一名医生。

"沙丽，如果我成为国王身边的禁卫，与你见面的机会就多了吧？"

安杰来询问沙丽时，站在医阁的大门外，满脸期待地说："我已经递交了申请，如果沙丽医生能帮我美言几句就好了！"

沙丽当即甩给安杰两个字："做梦！"

但没过多久，沙丽就在与国王的交谈中，看似随意地提起了小王子身边的侍卫安杰。她说道："陛下喜爱剑术，如果遇到了剑术高超的人，想必一定会与他切磋一番。"她提起在击剑大赛上获胜的安杰，感慨道，"如果优秀的人不能聚集在陛下身边，那就太可惜了。"

国王说："我知道那个年轻人，哈哈，没想到医生的眼光和我一致！"

再之后，禁卫队批准了安杰的申请。

进入御前禁卫队后，安杰与沙丽碰面的次数的确多了。

却不料禁卫队管理严格，使得安杰很难抽空与沙丽打招呼。为此，沙丽露出了一丝连自己都未察觉的落寞表情，而这细微的表情，被安杰的眼睛牢牢捕捉住。

在一次换班休息时，树下乘凉的御前禁卫讨论起宫里漂亮的侍女，有人说："其中最好看的，应该是为陛下斟茶的侍女苏菲！"

还有人说："我觉得是小王子的老师玛利亚！"

安杰在一旁听着，并未插话。

突然有人道："你们是不是忘了沙丽医生？"

"哎呀，她的确漂亮！可她总是穿着白色医袍，表情冰冷，让人提不起兴趣！"

"可你瞧她那一头纯银的长发，白瓷般的肌肤，多么引人遐想啊！"

话音刚落，军用水壶爆裂的声音将几人吓了一跳。

大家惊恐地回头，看见安杰扔掉手里的水壶碎片，阴森森地盯着他们："抱歉，打扰到你们了。但我觉得，你们不该提到医生。"

禁卫们吓得面色发青，安杰却很快恢复无所谓的表情，拍拍屁股走了。

明媚的阳光洒在橡树林之间的小道上，沙丽刚走出药材库，就看见安杰眉开眼笑地跑过来，边跑边挥手，像个幼稚的孩子。

等他跑到跟前，沙丽立刻将手里的一大包药材扔给他，问："你不站岗吗？"

"轮班休息呀。"安杰提着沉重的药材，吃惊道，"这么重，你是女人吗？"

沙丽凶巴巴瞪他一眼："不愿提就拿来！"

"愿意，我愿意！"安杰笑着躲过沙丽的手，将药材扛在肩上，空出的手一把牵住了沙丽的手腕。沙丽一下不说话了。

和煦的微风晃动着树叶，地上的光斑像波光粼粼的水面。沙丽脸颊发烫，仿佛自己身在一艘时起时伏的船上，连步子都变得摇摇晃晃。

安杰偷偷瞧她，见那张白皙的脸上浮出绯红，心情像喝了美酒一般沉醉。毫无预兆地，他用力将沙丽拉到面前，低头吻住了她的唇。

"你……！"沙丽触电般跳开，脸和脖子红成一片。

安杰看见她受惊的模样，忍不住轻笑："又要问'干什么'？唉，都这么久了，医生还不承认喜欢我吗？"

"开玩笑！"沙丽挥起拳头，却看见安杰闭上眼睛做好了挨打的准备，她心头一紧，掉转了拳头的方向，一把将安杰肩上的药材夺过来，扭头就跑。

安杰睁开眼，望着那仓皇逃窜的背影，笑得弯下了腰。

谁知经过橡树林一吻之后，沙丽总是下意识躲避安杰。固执的安杰居然在医阁门外堵截她，那副死皮赖脸的模样，让医阁里的人议论纷纷。

"不要再这样了。"沙丽有些头疼，干脆对安杰直言，"你如果再来医阁，我就和你绝交。"

安杰难得收起笑容，一本正经地望着她："沙丽，你愿意和我一起走吗？"

沙丽问："去哪儿？"

安杰说："离开王宫，去一个只有我俩的地方。"

沙丽以为他没睡醒，伸手敲了敲他的脑袋："怎么可能？我现在是首席医师，我走了医阁怎么办？而且你不是才进禁卫队吗，陛下还想提拔你呢！"

安杰的眼神暗了暗，旋即又笑道："也是，我不该牵累医生。"

沙丽疑惑地看着他，安杰却不再说话，大步流星地从她视线中消失。自那之后许久，安杰都没主动找过她。沙丽渐渐不安起来。

半个月后，一身酒气的安杰推开医阁的大门，跌跌撞撞走进沙丽的办公室，吐字不清地说："对不起，沙丽……"

深夜的医阁只有沙丽一人。自从国王的头疾加重，沙丽经常彻夜不眠地研究药方，有时便直接睡在办公室里。堆满资料的办公室十分拥挤，只有角落里摆着一张供她休息的弹簧沙发。

沙丽惊讶地转过身，看见醉醺醺的安杰用脑袋顶在门框上，整个人都没了重心，摇摇欲坠。沙丽急忙上前扶住他，生怕这个笨蛋把脖子扭断。

安杰醉成一摊烂泥，费了半天劲儿才走到沙发跟前。沙丽架着他的胳膊，正要抽身离开，安杰突然向前一倾，面朝下倒向沙发，毫不留情地将沙丽压在了身子底下。

"喂！"沙丽用力推他，他却纹丝不动，只从鼻子里发出哼哼声。

看样子已经醉晕了。沙丽被压得喘不过气，忽然有点庆幸安杰没穿盔甲过来，否则她绝对会被压成一张烙饼。

沙丽不气馁地挣扎了几下，终于抽出半个身子，就在她想加把劲儿的时候，安杰突然翻身靠进沙发里，手脚并用地将沙丽抱住，如同一只霸道的树懒。

沙丽愤怒道："你这个混蛋！"

滚烫的呼吸落在沙丽额头上，惹得她面颊发烫。她尽了最大的努力，却无法搬动安杰分毫，于是满腹幽怨地呼了口气："你就睡吧！醉成这样，看明天队长怎么收拾你！"

安杰缓缓将脸埋进沙丽柔软的头发中，喃喃道："对不起，沙丽……"

"知道对不起还不快松开！"沙丽又试着挣了挣，无果。

安杰紧紧搂着她，十指扣在她身后，像一道牢固的枷锁。窗外的月光落在他脖颈上，让古铜色的肌肤显得有些苍白。沙丽看着他，熟悉的气味和温暖的体温让她的眼皮渐渐发沉。

就在沙丽快要睡着的时候，安杰低声说："跟我一起走吧，沙丽。"

沙丽被困倦包围，轻声叹息："又在说胡话了……"

月光随着时间推移，落在了沙丽的耳朵和头发上。安杰睁开眼，看见银白的头发像绸缎一样铺在手臂上，沙丽的耳朵在月光中显得晶莹剔透，仿佛碰一碰就会融化。

安杰在自身浓烈的酒气里捕捉到了沙丽身上清淡的香味，他安静地闭上眼睛，将嘴唇贴到了沙丽耳朵上。沙丽在睡梦中嘟了嘟嘴，蜷缩在安杰怀中的身体微微舒展，脑袋自然而然靠进了安杰的颈窝。

"如果时间能静止就好了。"安杰吐出温柔的气息，声音却低沉又悲伤。

夜风吹进窗子，翻动着桌上的书，哗啦啦的响声如流水一般，卷走了安杰最后一丝勇气。他睫毛上挂着细小晶莹的水珠，颤抖的呼吸从喉咙里带出一声弱不可闻的乞求："给我一个吻吧，沙丽……"

给我一个吻吧，我的沙丽……

翌日天明，沙丽醒来的时候，身边早已没了安杰的影子。

堆满资料的办公室略显颓废，沙丽环顾四周，突然回神：为什么那个烂醉如泥的家伙比她起得还早？很明显，她又被耍了，安杰根本没醉！

沙丽气得牙痒，发誓再见到他，一定会给他扎一针大剂量吗啡，让那具喜欢恶作剧的身体永远陷入沉寂！为此，沙丽专门在

给狼一个吻

药箱里备了几支注射器，只不过里面装的全是生理盐水。

但自那晚假醉之后，安杰仿佛变了个人。

沙丽再次遇见安杰，是在王宫的长廊上。正在巡逻的安杰朝沙丽迎面走来，沙丽正要质问，安杰却与她擦肩而过，目不斜视，如同陌生人。沙丽张开的嘴来不及发出半个音节，安杰就已经走远了。

他生气了，为什么？

沙丽想来想去，都觉得主张权利的人应该是自己。

第二次擦肩，是在国王的书房前。沙丽飞快喊了他一声，安杰却置若罔闻，那双狼族特有的深灰色眼眸丝毫不肯分给沙丽半点余光。

第三次、第四次、第五次……沙丽愈发不安起来。她回忆起自己在医阁大门前对安杰说的话，是因为那句"你再来找我，我就和你绝交"吗？她胡思乱想着，胸口充斥着恐惧和自责。

"不行，我必须和他谈谈！"这是沙丽第一次，急切地想见安杰，想尽快化解矛盾。

正午的阳光把露水晒干，花园小径上的沙子在阳光下反射出亮晶晶的光点。沙丽穿过花园，走向禁卫队日常休憩的凉亭，反复斟酌着措辞。

可当她找到安杰时，安杰正和侍女苏菲聊天，两人靠在长椅上，安杰充满风趣的话题让那个金发碧眼的侍女咯咯直笑。

沙丽呆了半晌，又鼓起勇气，走向他们："嗨，安杰。"

笑声没了，安杰转过头，面无波澜："什么事？"

与安杰对视的瞬间，沙丽愣住了。那不是安杰的眼睛。那冰冷又黯淡的目光，与她熟悉的安杰判若两人！

沙丽觉得空气凝固了，她紧张得声音发颤："我……能和你单独说话吗？"

安杰看看苏菲，又缓缓站起身来："直接说吧，医生找我有什么事？"

沙丽仿佛察觉到什么，目光在两人之间来回游转。片刻后，她忽然胆怯地退了两步，扭头就跑。

风卷起尘土，草叶沙沙作响。安杰追上去，一步挡住她的去路："医生，你知道男人的个头为什么比女人高吗？"

沙丽怔怔望着他，心跳搏动耳膜，慌乱无措。

安杰说："那是为了更好地观察心上人，不错过她任何一个表情，开心、伤心、紧张、生气，我都会知道。但是呢，我一味地看你，你却从没有好好看过我，所以总说些让我难过的话。不知何时，我已经无法容忍了。"

沙丽睁大眼睛，一言不发地望着他，脑袋里有一根弦越绷越紧，似乎再多说几句，这根弦就会断开，彻底摧毁她。

安杰果然适可而止了。他拍拍沙丽的肩膀，就像在跟一个老朋友告别，然后带着苏菲从她面前离开，连句再见也没留下。

安杰与沙丽翻脸的消息很快就传遍了王宫，那些议论的声音和审视的目光让沙丽如芒在背。她努力克制情绪，一门心思扑在药方上。

近日，国王的头疾有所好转，也许是新药起了作用。但沙丽问诊时有些心不在焉，直到国王开口询问，她才意识到自己失态了。

年迈的国王看见沙丽的眼眶发红，担心她被人欺负却不敢开口，便将她叫到身边询问："孩子，遇到什么麻烦了吗？"

沙丽摇摇头："没有麻烦，让陛下忧心了。"

她知道自己不该因为私情影响工作，便敷衍说研究药方有些疲劳，然后借口去库房取药飞快离开了宫殿。

直到走进橡树林小道，沙丽才发现自己两手空空，既没带药材清单，也没带库房钥匙。她拍了拍脑门，转身往医阁走。

太阳高悬在穹顶，阳光强烈得就如最后一次见到安杰那天一样。

沙丽一路上都在发呆，等她再度回神，蓦然发现自己走进了橡树林深处，医阁的房顶在她背后孤单地晒太阳。她居然走反了！

沙丽有点崩溃，正欲掉头，忽然听见树丛里传出一个女人的声音：

"你真有那么喜欢我吗，安杰？"

沙丽怔在原地，目光不受控制地朝树丛望去。

一排排粗壮的老橡树并肩而立，野生的藤蔓攀上树干，与橡树繁茂的枝叶纠缠在一起，像一堵密不透风的墙。但沙丽还是从树叶的间隙里看见一个女人的背影，她的金发在风中飞舞，像神秘又优雅的精灵。

另一个人的脸被树叶遮挡了，沙丽只看见那人腰上的佩剑，剑柄上悬挂着象征皇家禁卫的徽章。沙丽的呼吸越来越慢，直到那人开口说："当然，你要我怎么证明？"熟悉的声音击溃了沙丽最后一点期望，她僵住了。

女人撒娇道："那你吻我一下吧！"

安杰轻笑一声，揽住了她的腰。女人羞涩地侧过头，金发碧眼的容貌与前几日凉亭里的女人一模一样，是侍女苏菲！安杰随之侧身，低头凑近她的面庞。

风改变了方向，沙丽闻到那再熟悉不过的狼族气味，混上了陌生的香水味。她的身体向后一跌，肩上的药箱滑落，重重摔在地上。

被阳光遗忘的树林里，她看见安杰在吻那个女人。

吻，十分热烈的吻。

5 真相

陷入深吻的两人听见后方传来杂乱的响声，不由吓了一跳。安杰示意苏菲别动，自己则绕开树丛，看见散落一地的医疗器具，和惊慌失措的沙丽。

苏菲跟上来，诧异道："她在这里干什么？"

安杰摆手："你先回去。"苏菲轻哼一声，站在原地不肯动。

沙丽仓皇捡拾自己的药箱，安杰上前一步，弯腰帮忙。沙丽看见那双出现在自己视野里的若无其事的手，脑袋里嗡嗡作响。那一刻，她真的恨不得抓起注射器，狠狠刺穿安杰的手掌！

安杰将手里的东西放进药箱，看见沙丽握着几支针管蹲在地上不动。他沉了口气，伸手拍了拍沙丽的手背："医生，这些不放进去吗？"

"别碰我！"沙丽像触电一般甩开拳头，却因为用力过猛差点儿摔倒，她扒住身旁的树，几乎抠掉老橡树的皮。

安杰沉默地看着她，她眼眶通红，剧烈的喘息里带出一声狼的低啸。很快，她再也无法遏制愤怒，大吼起来："你这个混蛋！别让我再看见你！我永远都不想再见到你！你滚！滚啊——！"

她大吼着宣泄，却率先狼狈地逃跑。

后来，沙丽想，那场怒火真是愚蠢又可笑。

安杰早已说过无法容忍她，那便是绝交的意思。是她打扰了两人幽会，还乱吼乱叫，好像甩了安杰的人是她一样。其实安杰做什么，和谁在一起，早就与她无关了。

但她永远忘不掉那一刻的不甘，忘不掉她怒吼的时候，心在滴血，仿佛承载着安杰的那片心房被生生剜去，留下血淋淋的疤，让软弱一览无余。

而且，她又弄丢了药箱。

加上之前的三个，沙丽一共丢了四个药箱。以至于她再去领用时，宫廷总管恼怒道："你究竟怎么回事？仗着陛下宠爱，就如此铺张浪费吗？"

总管故意威胁道："再弄丢，当心我开了你！"

说说而已，一个小小的总管，哪有权力开除国王的私人医生？然而，沙丽低头接过新药箱时，心灰意冷的语气让人听了心碎："是，不会再丢了。"

再也不会丢了。

冬天到来的时候，王国北部被大雪覆盖，位处南方的王宫不算太冷，却也披上了薄薄的冰霜。

沙丽怎么也想不到，她再次听到安杰的消息，居然是坐在议院的被告席上。

那天早上，她刚刚打开医阁的大门，就发现门口整齐地码着四个药箱。暗红色的木头箱子上爬满了冰花，明显已经放了很久。沙丽四处张望，没看见心里想的那个人，却见两名禁卫朝她走来，做出强硬而不失礼貌的"请"的动作。

沙丽被他们带进议院，坐在了被告席上。

"安杰想暗杀国王。"

听到这句话，沙丽的大脑一片空白。

有人发现侍女苏菲在国王的茶水中投毒，散发着淡淡香气的慢性毒药正是引发国王头疾的根源。据苏菲供述，指使她下毒的人，就是御前禁卫安杰。

然而，禁卫队抓捕安杰时，却被他抢先一步逃了。

议院控告沙丽的理由有两条：第一，沙丽作为国王的私人医生，没有第一时间发现中毒症状，是渎职；第二，当初引荐安杰加入御前禁卫队的人，正是沙丽医生，她很可能是帮凶。

如果控诉成功，沙丽将以叛国罪论处。

坐在议院中央的沙丽头脑发蒙，根本无法接受现实，她除了说自己一无所知，再也找不出其他保护自己的理由。

医阁的老医生出面作证，证明苏菲每次使用的毒药分量很轻，即使有多年行医经验的医生也无法很快查出病因。

也有人为沙丽辩护，说早在苏菲下毒之前，安杰跟沙丽的关系已经越来越差，显然是安杰利用完了毫不知情的沙丽，又将她一脚踢开。

但议院始终认为，沙丽为安杰接近国王提供了机会，难逃牢狱之灾。

就在众人争论不休之时，雪莱夫人洪亮的嗓音响彻大厅："沙丽不可能是帮凶！"

沙丽转过身，雪莱夫人亲切的身影让她再也控制不住自己的眼泪。

卫兵们齐齐行礼，雪莱夫人步伐沉稳地走到大厅中央，高声道："十年前，一场暴乱让沙丽失去了亲人。在座的老议员应该都知道，发动那场暴乱的人，是已经被国王处死的威尔公爵！而安杰，正是威尔公爵的儿子，沙丽的弑父仇人之子！"

此话一出，大厅里一片哗然。

沙丽睁大眼睛，心脏几乎要停止跳动。

雪莱夫人握紧了她的手，继续说："沙丽对这场阴谋一无所知，更不会帮助自己的弑父仇人！请议院做出公正的裁决！"

如果不是为了解救沙丽，雪莱夫人永远不会告诉她真相。

威尔公爵的家族与沙丽的家族一样，同属狼族。这种同族残杀的悲剧，雪莱夫人希望它消失在历史的长河中，不要让仇恨繁衍。

十年前，王国将最后一支银狼部落视为珍稀种族，与其他狼族区分开。银狼的皮毛皎洁如月，性格孤傲，不喜参与争端。王国为了保护银狼，专门为他们划分了领地，不料这失之偏颇的"特殊待遇"引起了黑狼族的不满。

为了争夺地盘、消灭歧视，黑狼族偷袭了银狼的部落，妄图将为数不多的银狼赶尽杀绝。年幼的沙丽，是银狼部落唯一的幸存者。

暴乱平息后，国王亲自处决了发动暴乱的威尔公爵，将他的家眷分散驱逐。

年轻的女仆尼娜带着安杰逃进拉维拉森林北部的小镇，打算就此隐居。那片森林，也是安杰与沙丽相遇的地方。

可惜不到一年，王国流传起黑狼族叛乱的消息，说他们不满意国王的统治，企图找到威尔公爵的儿子并拥他为王。国王下令搜捕，尼娜和安杰被迫连夜逃离小镇，开始了颠沛流离的生活。

那时国王并不知道，他的一声命令，将安杰逼上了复仇之路。

沙丽得知一切，呼吸已经凉透了。她难以想象，安杰失踪的十年里，究竟经历了什么？而他们重逢之后，安杰对她说的话，又有多少是真的？

甚至在议院宣布她无罪的时候，她感觉不到丝毫喜悦。

雪莱夫人看着失魂落魄的沙丽，轻轻将她搂住："我对发生的一切感到抱歉，沙丽。我没有尽早查出安杰的身份，让你被他蒙骗，我很抱歉。"

沙丽依偎在她怀中，双眼黯淡无光。

仇，真的这么重要吗？

安杰的父亲毁了她的家族，国王替她报仇，安杰又来找国王复仇。然而，令沙丽痛苦的不是她与安杰的仇怨，而是安杰将她当作复仇的台阶，她却将安杰给予的温暖，当作最宝贵的心意。

沙丽分不清了，跟安杰在一起的时光，有多少是真的，或者全部是假的。

她从来没有感到如此心痛，就连看见安杰亲吻其他女人的时候，心痛的程度也不及现在的万分之一。

这个冬天太冷了。

医阁的屋檐上结出了罕见的"掉下来能砸死人"的冰凌，连门口耐寒的锦带花都冻弯了腰。沙丽提着行李出门时，被寒风吹得狠狠哆嗦了一下。

她向国王告了一周的假，回到拉维拉森林北部的小镇，看望医生凯文。

北部的气温比南部更低，沙丽下车时，却意外感到风里裹着暖流。

她张开双臂，眺望久别的家乡。广袤的森林被白雪覆盖，像一碗香郁的奶油冰激凌，脚底厚厚的积雪发出"咯吱"声，和儿时一样。

沙丽慢悠悠地踩着积雪爬上山腰，到达小木屋，手脚已经冻得冰凉。她敲了敲门，喊道："舅舅，我回来了！"

屋子里传出轰隆隆的脚步声，凯文打开门，看见沙丽冻红的脸蛋，他脸上刚刚摆出笑容形状的横纹立刻耷拉下来，堆出委屈心疼的弧度："啊我的小沙丽，看看你，一定冻坏了吧，舅舅这就给你泡杯热茶……"

这样的场景让沙丽无比依恋。

她满腹心事而来，只想好好陪在凯文身边，享受久违的温暖与关怀。

她太累了，过于执着地思考着关于安杰的一切，越想越是疲倦。是的，她需要一片安静的地方，容她休息、倾诉，或者发泄。

6 受伤的狼

休假的第二天，沙丽代替凯文出诊了一位病人。

倒霉的老头儿晨练时摔了一跤，扭伤了脚，原本不大在意，谁知第二日伤处肿了起来，他的老伴儿才赶忙请来医生。

"只是轻度的软组织损伤，不用担心。"沙丽将药水倒进掌心，耐心按摩老人的脚踝。她温和的微笑和娴熟的手法让老人十分满意。

老头儿悄声道："医生，您知道我怎么摔的吗？"

沙丽微微侧头，做出"愿闻其详"的表情。

老头儿说："昨天早上天刚亮，我听到篱笆外传出一阵呜呜声，以为是野猫野狗，结果靠近一看，那家伙浑身黑毛，眼睛发着绿光，像一头狼！"

沙丽的手一顿，老人继续说："它看见我，嗖地一下就跑了！我也吓得摔了一跤，要不是雪厚，我的脊椎也要遭殃！"

"又胡扯！"老太太提着一袋豆沙饼走进屋子，责怪地瞪着老伴儿，"这林子早就没狼了，十多年没瞧见一只，准是你老眼昏花了！"

老头儿争辩道："反正是一头很大的野兽!"他说着,拍了拍沙丽的手背,十分凝重地叮嘱,"医生,您在山上千万要小心。凯文常夸您勤奋踏实,这么优秀的人,可别被野兽伤着了!"

沙丽笑道："好,您放心。"

看诊结束后,老太太硬是把那一袋豆沙饼塞给沙丽,让她带回去吃。沙丽推不过,只好接受了老人的心意。

她背好药箱,提着豆沙饼走进山里,忍不住回想老人说的话。可山上并没有狼的脚印,她沿着雪道往回走,目光四处游移。

风卷来细小的雪花,沙丽拉紧斗篷,戴上帽子,努力把那一丝不切实际的想法赶出脑袋。风变大了,像层层海浪从树林深处涌来,一股独特的气味夹杂其中,扫过沙丽的鼻尖,她忽然定住,警觉地望向树林深处。

那是狼的气味,她再熟悉不过的味道。

"安杰!"她低呼一声,飞快朝林中走去。

沿着结冰的河道向上,狼的气味越发浓重。最终,沙丽站在了一个石穴前,里面飘出若有若无的血腥味让她紧张到极点。她来不及考虑太多,直接弯腰钻进了洞穴。

这是她与安杰年幼时躲避暴雨的地方,每走一步,她都会想起自己因为惧怕打雷蜷缩在安杰怀里的模样。直觉告诉她,安杰一定就在里面!

可没等她开口呼唤,一个黑影如旋风般扑了过来,将她撞出几米远! 药箱摔在石头上,散落的药瓶和听诊器发出丁零当啷的响声,正欲再次发动进攻的黑影猛地停住,发出颤抖而粗重的喘息。

洞穴里实在太黑,沙丽撩开帽子,一边呼唤安杰一边向前摸索。

就在她感到自己离他越来越近的时候，那黑影忽然发出一声怒吼，与她擦肩而过。洞口的光线拉长了野兽的身影，沙丽蓦然回头，看见一只黑狼逃了出去。

"安杰！"沙丽紧跟其后，不顾一切地追赶他。

安杰受伤了，追击的士兵刺伤了他的腹部。

他跳进森林试图躲避沙丽，却摇摇晃晃地撞在树上，一头栽倒。逃生的本能让他坚持到现在，但突然出现的沙丽让他松懈下来，彻底丧失了力气。

也许，他终于等到害怕相见却又无比渴望的人。最后，那一丝贪婪胜出了。

冬夜的森林无比寂静。

河道映照着洞穴里透出的光，把光线禁锢在冰中，似乎生怕它被寒风卷走，要将这黑夜中难得的温暖占为己有。

安杰清醒时，依旧保持着狼的形态。

他发现沙丽正拿着一个豆沙饼在他鼻头前晃悠，便安然闭上眼，一舌头卷走了塞满豆沙的饼子，舔了沙丽一个措手不及。

火堆发出轻微的噼啪声，止血用的纱布和消毒水散乱地丢在地上。

安杰半睁一只眼，疑惑地打量沙丽的药箱："这么多东西，怎么装进去的？"

"回家拿的。"

安杰不知道自己昏迷了多久，在这段时间，沙丽不但回了趟木屋，还将他的伤口处理完毕，给他推了针消炎药。

安杰"哦"一声，忽然看见沙丽拿起针线，他头皮一麻，小心翼翼地往后挪了挪："你不会要缝我吧？"

"已经缝过了，"沙丽埋头整理药箱，"六针。"

安杰僵硬地抬起头，看见绷带一路从狼爪缠到腰上："你没有……把不属于我的东西缝进去吧？"

听到这句话，沙丽忽然冷笑一声，然后继续整理工具。

安杰吸了口冷气，轻轻用爪子挠了挠腹部。

受伤的黑狼被安顿在洞穴里，沙丽每天早上给他换药包扎，晚上又趁凯文睡熟后再去一次，给他送去水和食物。除了这些，沙丽从不与他多说一句话。

三天后，安杰终于按捺不住，打算做些什么。

他躺在火堆旁，伸长爪子，有一下没一下地划拉地上的小石子。野兽的形态能让伤口愈合的速度加快，但今晚，如果沙丽继续一声不吭，他打算变回人形。

洞穴外面传来熟悉的脚步声，安杰立马闭上眼睛装睡。沙丽走进来，将一个保温饭盒放在他身边，又拿起昨天留下的饭盒，转身就走。安杰立刻甩开尾巴，挡住了沙丽的去路。

沙丽停下来看着他："干什么？"

安杰用尾巴卷住她的脚踝，问："你恨我吗？"

沙丽叹了口气："上一辈的仇怨，与你无关。"

安杰哽咽一下，缓缓松开尾巴："对不起，我早就知道你的身份，却一直瞒着你。我承认我很自私，为了复仇，不惜将你卷进来。"

沙丽不想听这些，她跨过狼尾巴，想快些离开。

"沙丽！"安杰急忙用爪子钩住她的斗篷，试图挽回，"我怕你知道真相，怕你恨我，所以那天佯装醉酒去找你，去向你道歉。我想着，如果能得到你的答复，我就放弃复仇，和你一起离开王宫……"

"但你利用我!"沙丽打断他,转身的瞬间红了眼眶,"你利用我接近国王,利用完马上去吻其他女人!我在你眼里是什么?你这个混蛋!"

沙丽气坏了,狠狠踩在那条大尾巴上,安杰突然变回人形,将她扑倒在地。

"下去!"沙丽抬手给了他一耳光。

安杰抓住她的手,目光灼热:"你告诉我!你恨我,是因为我隐瞒了复仇计划,还是因为我吻了别人?"

沙丽挣扎道:"有什么区别!你这个混蛋!"

"不,这对我很重要!"安杰抵住她的脑袋,眼睛紧紧闭上,"你恨我吻了别人,是因为喜欢我。而我,是真的爱你,沙丽。"

滚烫的气息落在沙丽脸上,她睁大眼睛,呆住了。

7 给狼一个吻

第五天傍晚,搜捕安杰的士兵开始向拉维拉森林中央推进,像一张巨大的网慢慢收拢,找到安杰只是时间问题。

"你觉得火刑和绞刑,哪个好点儿?"安杰裹着斗篷坐在火堆旁,注视着燃烧的木头,面色平静。

沙丽原本将脸埋在膝盖里,听到安杰的话,不禁抬头皱眉:"你就这么想死吗?"

安杰说:"我曾经发誓要为父亲报仇,既然失败了,就得承担失败的后果。"他看向沙丽,露出和以往一样没心没肺的笑容。

沙丽避开他的目光,低头添柴。安杰却握住她的手,往她身边凑了凑:"沙丽,你曾有机会让我停手,我却没留下足够的时间等你回答。现在,让我抱你一下,就当作临别的礼物吧。"

沙丽没有回答,安杰便当她默许了,轻轻转过身,将她揽进臂弯。

北国的冬夜寒风呼啸，森林被严寒包围，小小的石穴却成了一方与世隔绝的温柔天地。安杰满足地扬起嘴角，心里盼着再一小会儿，等他牢牢记住这份温暖，就和沙丽永远告别。

林中响起一阵犬吠声。

安杰猛地睁开眼，洞里一片漆黑，火堆不知何时灭了，身边的人也消失不见了。他坐起身，斗篷从身上滑落，散发着熟悉的令他心悸的味道。

看来不用他多费口舌，沙丽已经自行离开了。

安杰笑了笑，笑容难得有些落寞："那家伙还算理智，没有陪我在这儿等死。"他将斗篷揉进怀里，深深吸了口气，眼角有些湿润。

洞外出现火光，兵甲相撞的声音清脆寒冷。安杰静静等待士兵向这里靠近，脑海里不停回放沙丽那张在火光下微微泛红的脸，心脏在黑夜中强有力地跳动着。

"如果再给我一次机会，"安杰想，"我一定要和你远走高飞。"

犬吠声越来越近，它们循着狼的气味，带领士兵接近河边的石穴。

火光越来越亮，脚步声、口哨声、兵器声……一切响声都汇集到洞口，安杰渐渐屏住呼吸，等待最后一刻来临。可下一秒，洞外忽然有人高呼："狼！在那儿！"

火光剧烈晃动，脚步声奔腾而去。安杰惊讶地爬起来，没等他走出石洞，士兵们已经冲进森林，只剩下朦胧的背影。

月亮藏进乌云中，冷风刺骨，安杰忽然感到胸口有异物触碰，他低下头，从衣领下捞出一串项链，一朵钻石花映着雪光轻轻摇晃，晶莹剔透。

安杰慢慢睁大眼睛，想起自己入睡前吞下的那两粒"消炎药"，和沙丽看上去欲言又止的悲伤表情。一个可怕的想法蹿入脑海，让他浑身战栗。

"沙丽！"他几乎手脚并用冲进森林，每一根神经都被恐惧吞噬。

沙丽给他喂下的并不是消炎药，而是安眠药。

两个钟头前，沙丽骗他吃了药，看着那张充满倦意的脸缓缓靠进自己怀里，她抱着他，安静地躺在地上。

如果说，十年前在山谷那枚可爱的吻就已圈住沙丽的心，可能有些无从考证。但十年后他们再度重逢，沙丽的心一直狂跳不止，为了掩饰难堪的心跳，她在安杰面前表现得冷漠高傲，对他不屑一顾。

大概就是这无法承认的感情，让安杰越走越远。

洞穴里，沙丽贴着安杰的额头，喃喃自语："你说过我有机会让你停手，安杰，现在给你一个吻，还来得及吗？"

也许没有仇恨，我们就不必分开，可以一同笑着长大，不厌其烦地看森林四季更替。我变成医生，你变成木匠，工作时偶尔会碰到，然后笑着聊几句，讨论年迈之后，变成再也跑不动的老狼，一起散步，一起下棋，慢慢分享最后的时光。

而如今，上一辈的仇恨，毁了下一辈的爱情。

当沙丽借着黑夜的掩护，活动着陌生的四肢，以狼的形态吸引了所有人的注意时，只希望钻石花能掩盖安杰的气息，这样，等他醒来后便能顺利逃脱。

她跑进树林，让猎狗改变方向。她顺着结冰的河道奔驰，像童年时的安杰那样，踏过枯枝落叶，飞跃横木石桥，欢笑着呼喊：跑快些！再快些！

林中的积雪逐渐变厚，沙丽的步伐吃劲起来。

她按照记忆里的路线跑向一处断崖，试图找到通往荧光山谷的小洞，可厚厚的积雪将一切掩盖，什么都看不到。

就在她顺着断崖不懈向前时，空气发出嘶鸣，一支利箭划破夜色，贯穿了她的胸膛！紧接着，远处传来兴奋地呼喊："射中了！我们抓到他了！"

士兵们高举火把，包围了倒下的逃犯。

然而等他们看清狼的模样，所有人都呆住了。寒风凛冽，月亮从乌云之间洒下淡淡的光，一只银狼倒在血泊中，银白的毛发被染成大片大片的猩红，她的头陷进雪中，一动不动。

一个士兵颤颤巍巍地开口："我们追的……不是一匹黑狼吗？这怎么是银色的……"

狼族，野兽，低等生物。银狼，却是王国的宝藏。然而十年前，最后一支银狼部落惨遭灭绝，为何如今，又出现一头浑身纯银的狼？

士兵们面面相觑，有人上前，伸手探了探狼的鼻息，然后面露哀色，发出绝望地叹息："怎么会这样，我们杀死了最后一只银狼……"

话音刚落，人群之后发出一声凄厉的狼嚎，众人还未反应，一匹黑狼横冲而来，撞倒几个士兵后扑到银狼身边，用尽全力拱她的身体，试图唤醒她。

然而，银狼的四肢如同柔软的绸缎，陷进积雪的头颅再也没有动静。黑狼发出撕心裂肺的哀鸣，一口叼住银狼的后颈，用力将她拖向断崖。

回过神来的士兵挥剑上前，却被黑狼发狂的咆哮吓退。

弓箭手齐齐放箭，箭雨从天而降，转瞬便有十几支插在了

给狼一个吻

黑狼背上。他遍体鳞伤，鲜血一股一股往下淌，却一步也不肯停下，缓慢而坚定地拖着银狼走向断崖，在雪中留下一道触目惊心的殷红轨迹。

领头的士兵叫停了弓箭手，不再进攻。因为他知道，不管黑狼要干什么，背负着如此重的伤，绝对活不过今晚。

于是他们静静伫立在雪中，凝视被鲜血浸染的夜色，如同墓地的石碑。

"沙丽，醒过来，醒过来……"

安杰挖开积雪，将沙丽拖进断崖下的洞穴，一步一步退进山谷。他倒在她身边，大口大口喘着气，鲜血从嘴里汩汩地冒着，和生命一起流失。

"我说过，给我一个吻……沙丽……我会带你离开这片大陆，永远陪在你身边……忘掉所有仇恨，永远陪着你……"他不断乞求，声音却模糊得连自己都听不清。

一股血浆涌出来，堵住了他的喉咙。失去温度的泪水从眼角滑落，他挣扎着想把话说完，却看见几颗银色的光点在沙丽耳边盘旋。

冬夜的山谷依然银光闪闪，植物们交缠盘绕，如盛夏一样。

这就是我们的荧光山谷，沙丽，看见了吗？我说过，再过两个钟头就会让你大吃一惊，看见了吗？

你还没有答应亲我一下，就要这么睡着，再也不理我了吗……

银色的光点扑朔迷离，像成千上万只萤火虫，它们吵闹着在空中旋转，嘻嘻哈哈地追逐嬉闹。

茂密的羽状花叶相互缠绕，像极了冬日结在窗上的冰花，它们大片大片地铺满山谷，创造出纵横交错的游乐园，银色光点畅游其中，忽明忽暗，直至汇集到山谷的一角，循环兜起了圈子，宛如一条银河。

这条银河下方，有两只安静的狼。

山谷的风发出轻叹，光点停止嬉闹，它们在银河中飞舞，疑惑地望向沉睡在冰花上的狼。风咿呀咿呀，轻轻唱起了摇篮曲，如同温柔的小溪。

山谷外的士兵正惊奇地翻找着断崖下的积雪，他们看见黑狼将银狼拖进雪坑，结果一齐消失不见。那片断崖十分完整，根部深深扎在土中，没有任何缝隙。

山谷中飘出温柔的摇篮曲，忙碌的士兵停下动作，抬头张望，却只看见阴云笼罩的天空，和伴随曲调若隐若现的月光。

据说，那天夜里，拉维拉小镇的居民们在睡梦中听到了同一首曲子。有人说，那是来自天堂的歌声，只有最为纯洁的灵魂才能吟唱出这般令人魂牵梦绕的曲子。

也有人说，那歌声更像两个孩子的呢喃，安详惬意，仿佛正在享受甜蜜的午睡时光。

五年后。

春日和煦的阳光普照着拉维拉森林，凯文医生起了个大早，出诊回来的路上买了一篮水果蛋糕，沿着清扫干净的石板路走向森林中心的一处断崖。

那是沙丽与安杰去世的地方，如今，断崖变成了许愿崖，崖壁上爬满了翠绿的常春藤，风景宜人。

凯文单膝跪地，将篮子放在崖壁前，闭上眼睛开始许愿。忽然，他身后传来一个女人的声音："听说，真心相爱的人来到这里，会看见一个通往神秘山谷的洞穴，是真的吗？"

给狼一个吻

"是的。"凯文以为问话人是个普通游客，没太在意。然而，当他睁开眼时，发现一只系着条格围巾的小布熊出现在蛋糕篮子旁边。他立即转过身，看见那位问话的漂亮女士正朝他微笑。

"……尼娜？"凯文难以置信地叫了一声。

"是我。"尼娜走上前，将他拉起来，"我来归还安杰交给我保管的东西。"

凯文欣喜若狂地跳起来，一把将她搂住："知道吗？我刚刚许愿让我能再见到你，你就来了！多么神奇啊！"

尼娜在他热烈地拥抱中睁大眼睛，发出一声惊叹："……还有更神奇的，快看！"她轻推凯文，指向原本完好无损的岩壁。

凯文转过头，朝尼娜所指的方向望去。常春藤像帘子一般被风吹开，光滑的岩壁上出现了一个洞穴，草叶微动，静谧地哼唱从山谷中传出。

茂密的羽状花叶覆盖了整片山谷，银色光点争相飞舞，仿佛悬浮在空中的钻石，璀璨夺目。花丛中央，有一对狼的木雕，他们生根地下，交颈而立，像在亲吻对方，又像在亲昵耳语。

后来，无数进入许愿崖的人将山谷内的景象描绘出去，无数人慕名而来，使山谷有了美丽独特的名字，狼吻之谷。

再后来，年轻人常会对自己的另一半郑重许诺："给我一个吻，我就带你去狼吻之谷！"

捕鱼记

"故事一开始，是这样的。"

杰克坐在公园的长椅上，被一群手捧面包渣准备喂鸽子的小朋友们包围了，很明显，现在他的吸引力远远大过了那几只胖嘟嘟的白色飞禽。杰克像是鸽子们的天敌，它们伸直脖子，瞪圆血红的眼睛望着他，或是望着那些被攥在小手里的美味面包渣，抖擞羽毛在石砖上徘徊，却迟迟不敢靠近。

杰克要讲故事了，孩子们充满期盼。他们很惊喜能在阳光明媚的周日早上遇见他，这个头发花白年逾古稀的老头儿平时总在太阳快下山时才出现，他每天都会给公园里的孩子讲故事，而且总穿着蓝色格子衬衫和灰色毛线马甲，把一顶浅褐色的棒球帽放在腿边，帽檐朝上，像一只敞开的布口袋。一些带孩子来公园闲逛的妈妈们偶尔会跟着孩子一同听故事，顺手往帽子里放些零钱，杰克从未拒绝。

今天要讲的故事与往日不同，孩子们有预感，不仅因为杰克今天穿了挺括的黑色西装，领针上的蓝宝石像鱼眼一样闪闪发亮。而且他最喜爱的棒球帽不见了，尽管孩子们一致认为，那顶笨拙的小帽子不太适合这个脑袋里装满神奇智慧的老人。

"杰克，快讲呀！"几个"常客"一边催促一边爬到了杰克身边的椅子上，像数片娇嫩的花瓣将这只老花蕊簇拥着，迫不及待地睁大眼睛，竖起耳朵。杰克抬起手，摸了摸下巴上梳理整齐的胡须，其中一个孩子问："故事一开始，是怎样的？"这是杰克惯用的方式，他总是用这句话作为故事的开头。

杰克笑了，布满皱纹的宽厚手掌落在肚子上，食指敲了敲圆鼓鼓的口袋，那里面似乎装着一只铁盒，在敲击下回应轻轻的"叮咚"声，像雨点落在皮鼓上。杰克目光平静，语气平缓又慈祥："故事一开始，是这样的……"

1

年轻的阿索斯坐在开往平原的列车上。已经一天一夜了，窗外的景物如同历经日晒的画卷，逐渐褪色，青山绿水被远远甩开，接替而来的是无际黄沙和嶙峋怪石。

这是由内陆通往平原的必经之路，了解平原的人都知道，"平原"这个称呼，对那片寸草不生的荒芜之地已经算是非常客气了。它的可怕，远远超过烈日和沙漠，因为在平原深处，栖居着一种凶残的野兽——沙鱼。

沙鱼体型庞大，像鱼一样有鳍有尾，以沙为海，行踪不定。它们的年纪超过内陆新挖掘的恐龙化石，而它们之所以存活至今，是因为沙海为它们提供了绝佳的庇护，它们在沙砾中隐藏自己，捕食风和光，还有那些不断尝试探寻它、驯服它，最终变成它们的食物和养料的人类。

阿索斯坐在窗边，他的脸在车窗上映出浅淡的轮廓，宽额头高鼻梁，眉峰如刀，薄唇紧闭。作为捕鱼人，他要去沙海狩猎，他的目标很明确，拿下平原最庞大最凶残的野兽，那条被称为"鱼王"的沙鱼。这样的目标，对一个年仅二十五岁的捕鱼人来说，简直是天方夜谭。如果有谁站在捕鱼人俱乐部大声说出这句话，那么大家一定会把他当作疯子，而不是英雄。

所以阿索斯的表情很严肃，眼里时而杀气腾腾，碧色瞳仁像极了冰霜覆盖的原野。好在他的眼睛很漂亮，眼窝不像其他内陆人那么深，眼睑末端的线条带着天生温柔的弧度。就是这一点，修饰了他过于凌厉的面容，让他不至于惊吓到坐在他对面的那位身材矮小圆润的老太太。

那是一位抱着猫的老太太，面容和善，身材微微发福，她对年轻帅气的小伙子不感兴趣，不像那个从走廊经过偷瞄了阿索斯五六眼的少女。她的全部注意力都在自己怀里的一只毛茸茸的胖猫身上。噢，别问宠物为什么能上火车，在开往平原的列车上，什么都有可能发生。

但是，越往平原走，这只猫越不安分。它卧在老太太怀中，抖动着浑身乳白色的长毛，发出忽大忽小的咕噜声。当火车穿过最后一条隧道时，它的尾巴忽然岔开，像一根蓬松的鸡毛掸子在空中挥舞，同时大叫着蹦起来，用修剪过的爪子狠狠挠了老太太的下巴。

"噢！"老妇人发出尖叫，一只手提住猫的后颈，另一只手捂住自己被挠出红印的下巴，低声喝道，"老伙计，这是我的双下巴，不是你的午餐肉！"她压抑的吼声像是棕熊在洞穴里打鼾，惊动了隔壁包厢的乘客。阿索斯转头的同时，一颗黑黢黢的小脑袋从门口探过来，望向他们。

白猫还在挣扎，阿索斯伸出手，颀长的手臂刚好跨过小餐桌，放在了白猫头顶。那只猫看上去非常焦躁，而且警惕心极强，老太太说："当心点，它不喜欢陌生人触碰。"可话音未落，白猫在与阿索斯对视的瞬间，倏地收缩瞳孔，安静下来，尾巴乖顺地蜷在身后，像一只精巧的毛绒玩具。老太太惊讶地张大了嘴，与此同时，包厢门外那颗小脑袋发出一串惊叹："天啊！你能驯服大白！太神奇了，你是捕鱼人吗？"

阿索斯收回手，轻轻瞟向说话的人，是一个看上去只有八九岁的男孩，蓬松的黑色短发如同乱糟糟的鸟窝，但耳郭边缘的碎发能看出细心修剪的痕迹，大概是天性好动，在座椅上来回揉蹭，才变成这副模样。男孩见阿索斯打量他，立刻咧开嘴，古灵精怪地朝两侧看了看，然后一缩肩膀，扎进了阿索斯的包厢。

经过训练的捕鱼人都有一项基本功，那就是快速驯服比自己弱小的动物。稍微对捕鱼人有一点儿了解的人都知道，所以男孩能一眼猜出他的身份，阿索斯并不奇怪。因此他没有接话，对这个不请自来的小朋友，他选择无视，抱起双臂靠在椅背上，闭目养神。他紧绷了一路的神经因为这个小插曲得到片刻放松，他要抓住机会，休息一下，再去思考接下来要面临的挑战。

"小萨拉，你爸爸呢？"接话的是老太太，看样子她不仅认识这位小朋友，还很熟悉他的家庭情况。

"他去餐车买点心了。"男孩心不在焉地答了一句，飞快坐到阿索斯身边，"叔叔，你知道我为什么叫小萨拉吗？你知道捕鱼人萨拉吗？"他试图和阿索斯套近乎。

老太太笑了一声："叫哥哥吧，否则他不会搭理你。"

男孩立刻拔高嗓音："哥哥，你叫什么名字？"

阿索斯听出他语气里的热切，不好再假装无视。他缓缓放下双臂，垂眼望着男孩："阿索斯。"

小萨拉得到回应，脸上的笑容更加殷勤："阿索斯哥哥，你知道捕鱼人萨拉吗？"

列车轻微摇晃，轮轴发出哐当哐当的响声。男孩两手抓着背带裤的肩带，白衬衣的袖口向上卷着，他仰望着阿索斯，黑葡萄似的大眼睛里倒映着窗外的沙丘。阿索斯在他眼里看到自己黑色的影子，像是沙画拼图里缺失的一部分。

男孩兴致勃勃地说："萨拉被称为'世纪捕鱼人'！你知道么——"他扬起小脸，咬着音节，"在所有人都对沙鱼无计可施的时候，他徒步走进沙漠，除了一个罗盘、一只水囊，其他什么也没带，就这样走进沙漠，独行绝地！一个月以后，他活着出来了，衣衫褴褛，身后跟着一共上百条大大小小的沙鱼，那些猛兽被他驯化成了坐骑，摇头摆尾，野性全无，这真是个奇迹！"

他在背诵《萨拉传记》的扉页。白猫发出了舒服的呼噜声，老太太笑起来："我知道他是你的偶像，也是你爸爸的，否则他不会给你起名'萨拉'，一模一样的名字。"

小萨拉骄傲地扬起下巴。阿索斯沉默片刻，说："你父亲不该带你来这种地方，平原太危险，不适合手无寸铁的人。"

小萨拉睁大眼睛，还没开口，老太太挑起月牙似的弯眉，淡淡道："他们不是'来这里'，而是回家。"

阿索斯看向她，她的下巴上还留着三道白猫抓出的红印子，和那些被风沙打磨出的皱纹一样，似乎永远不会消失。

"你好啊，我是菲安，他们一般叫我猫奶奶。"老太太朝阿索斯伸出一只手，动作彬彬有礼。

小萨拉立刻接道："因为菲安养了很多猫，我们都叫她猫奶奶。只不过这几年，她的猫都老死了，只剩下这只大白。"

阿索斯握住她的手，简短地问候，猫奶奶却忽然用力捏住他的手，脸上保持微笑："如你所见，我们这些手无寸铁的人，天生就住在这样危险的地方。"

阿索斯目光平静，被抓住的手也没有挣扎："抱歉，无意冒犯。"

猫奶奶缓缓放开他，收回的手又重新落在大白猫背上。她仔细凝视阿索斯，轻声说："我早就想和你打招呼了，毕竟这趟列车上的陌生面孔并不多见。只是你好像一直在和什么做斗争，表

捕鱼记

情看起来有些狰狞。"

阿索斯闻言，稍显尴尬，摸了摸自己的脸。

猫奶奶说："小萨拉的父亲也是捕鱼人，他可不像你这般如临大敌。在平原上，烈日和沙漠都不是最致命的，沙鱼也不是，只有恐惧，才会打败你。"

小萨拉一点头，跳下椅子扑到猫奶奶身边："没错，爸爸也是这么说的！"

阿索斯吸了口气，解释道："不，我要猎的不是普通沙鱼，而是……"

"不管是什么，记住，不要害怕。"猫奶奶定定望着他。

没错，不要害怕。阿索斯知道这一点，因为沙鱼最喜欢恐惧的气息。面对它的人，越是惧怕它，它就越是凶猛。

这一路上阿索斯都在克服恐惧，作为捕鱼人，他资历尚浅，谁能想到他父亲也曾是身经百战的捕鱼人，在内陆声名远扬。可阿索斯没有从父亲那里得到一星半点儿的经验，因为父亲总是告诫他，平原很危险，他必须远离危险，保护好自己。所以他从出生起，就生活在舒适安全的内陆地区，享受着父亲为他打下的物质基础，过着无忧无虑的日子。直到有一天，父亲上了开往平原的列车，再也没有回来。

人们说，阿索斯的父亲败给了恐惧，败给了"鱼王"，永远回不来了。那一年，阿索斯十五岁。他曾经那么崇拜的父亲，他以为所向披靡的父亲，从他的世界消失了。他不愿相信父亲会恐惧，他无法想象父亲在最后一刻面临着什么，因为他从未见过，从来不曾知晓。

这是他踏上捕鱼之路的原因。十年间，阿索斯经历了最残酷的训练，最严格的选拔，终于成为一名捕鱼人。现在，他就坐在开往平原的列车上，也许是他父亲曾经坐过的位置，黄沙在他眼底咆哮，他不知道"鱼王"有多可怕，不知道平原埋葬了多少人的尸骨，只知道，从他失去父亲的那一刻开始，他再也无法获得快乐，除非有一天，他把这片吞吃了父亲的沙海彻底踏平！

2

平原是无边无际的沙海，蜿蜒的轨道好似永远没有尽头。

夜晚降临时，小萨拉又钻进阿索斯的包厢，他睁大眼睛指着窗外的夜空，对阿索斯说："哥哥你看，我们在鱼肚子里，那些闪光的星星就是鱼骨。"

车厢里很安静，猫奶奶靠在座椅上睡着了，大白猫卧在她的臂弯里，细长的眼睛睁开一条缝，瞧了瞧这位闯入者。阿索斯看向夜空，低声说："夜晚很危险，所以人类的祖先会在夜里点燃火把，驱赶黑暗。"

"你为什么总说危险呢？"小萨拉爬上椅子，半跪着卧在椅背上，"夜晚和平原都没你说的那样危险，就算有，爸爸也会保护我的。"

"菲安说你爸爸也是捕鱼人，他很厉害吗？"阿索斯收回视线，拿起桌上的金属保温杯。

"当然厉害！"小萨拉提起父亲，比说到世纪捕鱼人还骄傲，"他是沙海最厉害的捕鱼人！我们镇上有好多小孩都跟他学习捕鱼，还有我，我从小就跟他学习本领。爸爸说，我会成为他的继承人，甚至超越他！"

阿索斯看了他一会儿，目光缓慢而沉重地移开。小萨拉掰着手指默念沙鱼的弱点，那些词语已经滚瓜烂熟，像小蝌蚪一样在他舌尖游窜。阿索斯仿佛回忆着什么，缓缓开口，声音有些悲伤："我父亲从不教我这些，他总说危险，避而不谈。"

他叹息一声，打开的保温杯里飘出淡淡的热气，熏湿了他的睫毛。小萨拉眨眨眼，望向他："难怪你也总说危险，都是你爸爸教的。我明白，我也很听爸爸的话，但是爸爸说，我会长大的，那时候，我可以自己做决定，不用经过他的同意。等那一天到了，他会告诉我的。"

小萨拉说完，隔壁包厢忽然传出一声轻笑，一个低沉悦耳的声音说："你如果很听我的话，现在就该睡觉了。"

小萨拉惊恐地捂住嘴，瞪圆眼睛看着阿索斯："他偷听我们说话！他是沙海耳朵最长的捕鱼人！"

阿索斯忍不住笑了。

小萨拉一溜烟跑回去，脚步在车厢内碰撞出一连串"咚咚"声。熟睡的猫奶奶停下鼾声，皱了皱眉，紧抿的嘴巴让她两侧脸颊更显丰腴。大白猫闭着眼睛在她怀里转了一圈，梦游似的蹬蹬后腿，换了个更加舒适的睡姿。

阿索斯静下心，重新看向车窗外的夜空。他忍不住再度回忆起父亲，那个曾在他幼年时给了他无数温暖和安全感的伟岸男人，像被风吹散的沙子，从他的世界消失了，只在时光的缝隙里留下虚渺的影子。

阿索斯睡着了。他梦见自己在鱼肚子里，那些闪光的星星连成一片，就像鱼骨。而他的父亲赤脚踩在黄沙上，那沙子是鱼鳃中淌过的瀑布，父亲弯腰捧起一抔沙土，沙子卷着星光在夜里飞扬，一点一点，消失在黑暗中。

阿索斯大步追去，想问清父亲在最后一刻到底遇见了什么，可是父亲叹息着告诉他："阿索斯，这是我诞生也是我逝去的地方，这里被黑暗覆盖，充满危险，你快回去吧，在沙暴来临之前，快回去吧……"

阿索斯在黑暗中徘徊，他的双脚陷进了深不可测的沙海，流

天鹅湖 |

动的沙子在吞噬他，让他进退两难。他伸出手，想抓住父亲，可那个身影早已消失不见，留他一人在原地挣扎、哭喊……

梦里，他变回了九岁的孩子，胡乱挥舞手臂求救。他在这庞大的黑暗世界里渺小如一只蝼蚁，狂风如刺骨的刀，流沙如巨人的手，他被攥在命运的手心里，连哽咽都如此艰难。"阿索斯哥哥！"忽然，一只和他一般大小的手抓住了他，他抬起头，看见一个瘦小的身影坐在木舟上，蓬松的黑色短发里挂满了金灿灿的沙砾。小萨拉握住了他的手，微笑着说："阿索斯哥哥，别怕，这里一点儿都不危险。"一只圆滚滚的白猫坐在小萨拉肩头，半眯着眼睛瞧他，胡须在黑暗中莹莹发亮。白猫张开嘴，发出猫奶奶泰然自若的声音："只有恐惧，才会打败你。"

恐惧？年幼的阿索斯仰起头，抬起小手抹掉眼角的泪痕。小萨拉用力拽着他，高声呼喊："阿索斯哥哥，快上来呀！"阿索斯扒住木舟边缘，双脚在流沙中滑动，可无论他怎样使力，身体总是沉沉地往下坠。流沙变成了漩涡，有个声音从漩涡深处传来，像乱人心志的海妖在唱歌："沙暴要来了，孩子，快躲起来吧，躲进地心深处，远离危险……"

不，我是捕鱼人，捕鱼人不惧危险！

阿索斯不断向自己重复，试图从这该死的梦魇中挣脱，可他越是想往上爬，身体越不听使唤。那漩涡中的妖怪还在歌唱，声音大得像风在怒号，沙石击打在木舟上，砸出一个又一个小洞，木舟裂开了，小萨拉也开始往下沉，白猫在他头顶上打转，伸直脖子嘶鸣。

"年轻人，醒一醒！"一只温热的手掌贴在脸颊上，阿索斯陡然直起身，眼前黑暗褪去，他又回到了熟悉的列车上，突如其来的颠簸让他有些头晕。

窗外天空昏黄，沙砾像小冰雹一样敲击着车窗，这声音和他梦里的一样。但是他醒了，他不再是那个软弱可欺的孩子，他是捕鱼人，是这片沙海的猎人。

"你没事吧？"猫奶奶在对面，眼神有些担忧。

阿索斯摇摇头，扶住面前的餐桌："现在几点了？"他清了清干涩的喉咙，转过头，突然看见一个五官深邃的黑发男人倚在门口。那人身穿黑色风衣，如同一棵挺拔的墨松，额前碎发颇长，却也盖不住那双如鹰隼般锐利的眼眸。

四目相对的瞬间，压迫感扑面而来，阿索斯不禁侧了一下身子，做出一个不太明显却也不难让人察觉的退缩动作。他熟悉这种压迫感，来自强大的捕鱼人，就像大白猫面对他时一样，弱小的一方会产生本能反应——畏惧。

"七点刚过。"黑发男人说。

猫奶奶依旧皱着眉头："沙暴要来了。"

下一秒，空气被刺耳的刹车声划破，阿索斯的后背紧紧贴在车厢上，大白猫尖叫着从他眼前飞过，撞在椅背上。阿索斯反应迅速地伸出手，抓住已经在餐桌侧面翻滚了一圈的猫奶奶，把她护进怀中。

黑发男人两手撑住门框，袖子里弹出的钢爪深深钉在车板上，他喊道："抓紧！"与此同时，他的风衣像翅膀一样张开，一双小手紧紧勒住他的长靴。阿索斯这才看到缩成一团的小萨拉，像雄鹰庇护下的雏鸟，被护在男人稳如磐石的身躯之下。

车厢里尖叫声此起彼伏，直到"吱——"的车轨摩擦声结束，列车停稳，惊叫声渐渐平息，猫奶奶赶紧扑腾起来，翻身捞起几乎撞晕的大白猫，心疼地揉搓。

列车被沙暴袭击了，车厢在沙石冲刷下噼啪作响，广播里响起乘务员惊魂未定的语音："请各位旅客保持镇定，本次列车将在沙暴结束之后继续行驶，请大家保持镇定，不要在车厢中随意走动。"

小萨拉还挂在男人腿上，眼睛滴溜溜转："爸爸，广播里的姐姐听起来一点都不镇定。"

男人拍了拍小萨拉的脑袋，把他从腿上摘下来。猫奶奶捧着晕乎乎的大白猫，神情严肃："这趟列车从没遇见过沙暴，因为修建轨道时，避开了所有沙鱼出没的区域。"

阿索斯站起身，警惕地望向窗外。尽管外面飞沙走石昏天黑地，肉眼难以分辨异常，他仍试图从中寻找沙鱼的影子。沙暴总是伴随着成群结队的沙鱼，如果沙尘中闪过有规律的黑点，那么列车极有可能被沙鱼袭击。

"诺克，你怎么看？"猫奶奶转向黑发男人，"你经验丰富，轨道上会出现单纯的沙暴吗？"

阿索斯闻言，也扭头望向他。他是小萨拉的父亲，这个名叫诺克的黑发男人，皮肤如历经锻打的古铜，双眼狭长明亮，眉骨到鼻根高挺如工匠精心打磨的雕像，说话时带着微沉的鼻音，让听者备感踏实。诺克说："平原上，从来没有单纯的沙暴。"

一锤定音，前来求助的列车长刚走到包厢门口，险些瘫坐在地上，又被同行的乘务员扶住。诺克将儿子推到阿索斯身边，转身向外走，一边对列车长说："我会配合您做好乘客的安抚工作，也需要您给我提供一把钥匙，让我去外面看看。"

小萨拉望着爸爸离开的背影，阿索斯问："你不跟着他吗？"小萨拉扭头："他如果肯让我跟着，就不会把我推给你了。"他说着，紧紧抱住了阿索斯的手臂，胸膛微微起伏，"哥哥，我们会和沙鱼开战吗？"

阿索斯刚从梦魇中逃脱，又遇见比梦魇更可怕的现实。他看着眉头紧锁的猫奶奶、神情忐忑的小萨拉，弯腰从座椅下捞出背包，里面的弯钩和绳索发出轻快的碰撞声。"没有人能在灾难到来时不感到恐惧。"阿索斯再起身时，眼中充溢着刀刃般锋利的锐气，那是猎人的气息。

猫奶奶说："既然无法避免，那就战胜它。"

"没错。"阿索斯咬紧牙关，望向窗外，"至少在救援队伍赶到之前，我们要守住列车！"

3

诺克猜得没错。

沙暴降临不久，一大批沙鱼从列车前方游来，它们体型有大有小，身体两侧伸展的胸鳍像掠食者的镰刀，在沙海滑动时溅起层层沙浪，坚硬的鱼嘴撞击在车头上，发出轰然巨响。

好在诺克提前判断沙鱼出现的方向，让前几节车厢的乘客全部撤离。但是车头毁损严重，轨道也被沙鱼撕扯得面目全非，这意味着，列车被困在沙海之中，即便救援队伍到了，人们要想安全撤离，必须铲除这些围攻列车的凶兽。

"这还不是最糟糕的。"听了诺克的叙述，猫奶奶将目光投向阿索斯，"现在，车上只有两名捕鱼人，其中一个还是初来乍到的新手。而这趟列车少说有上百名乘客，只要其中一人散发出足以诱惑沙鱼的恐惧气息，那些畜生就会发动更加猛烈的进攻，如果是那样，列车坚持不了多久。"

诺克直截了当："要保护列车，必须引开沙鱼。"

"怎么做？"猫奶奶说，"沙鱼群从来没有个位数的，外面少说有十头畜生。"

阿索斯正要开口，猫奶奶怀中的大白猫从昏睡中苏醒，像是感觉到沙鱼的气味，它猛然瞪圆眼睛，一头扎进猫奶奶的外套，只露出雪白的屁股，尾巴有气无力地垂着。

"被困的时间越久，恐惧的气息越浓，列车被鱼群推翻或撞穿，是早晚的事。"阿索斯有意无意地看向那只白猫，"如果有个身姿灵敏的小动物去外面引开鱼群，我和诺克料理那些家伙，会容易许多。"

"你在说什么！"猫奶奶警觉地护住大白猫，眼里迸出火星，"你想让它去当诱饵？你知道它对我而言意味着什么吗？大白绝不可能到外面去！不，它不会离开我半步！"

"它只是只猫。"阿索斯说，"比起上百条人命，您的猫更重要吗？"

啪！猫奶奶一拍桌子，大白的屁股抖了一抖："在你眼里一文不值的东西，在我这里是宝贝！是命！作为捕鱼人，你该想的是如何保护比你弱小的生命，而不是利用他们去保你自己！"

阿索斯感到不可理喻："我并不是……"一只手落在他肩上，制止了他接下来的话。诺克拍了拍他的肩膀，轻声说："跟我来一下，年轻人。"

阿索斯立刻沉了口气，错身离开包厢。诺克又对猫奶奶和小萨拉说："现在有件要紧事，只有你们能办到。列车上的乘客都很惊慌，这样下去不利于我们掌控沙鱼的动向，我需要你们去安抚乘客的情绪。菲安，你是镇上的长辈，你最有话语权；小萨拉，你是沙海捕鱼人最优秀的学徒，你会让大家知道沙鱼并不难对付，对吗？"

小萨拉立刻挺起胸膛："交给我吧，爸爸！"猫奶奶暂且压下怒气，语气有些生硬："放心，我知道该怎么做。"诺克向她点头致意，带着阿索斯走向车厢末端。

这趟列车一共有十三节车厢，现在只剩十节完好无损。

沙鱼尚未嗅到人类恐惧的气息，它们目光短浅且思维单一，从目前的行动方式来看，它们正尝试对车厢"逐个击破"，而头五节车厢已经脱钩，乘客全部撤离到后面，沙鱼剖开空空如也的车厢，发现无食可觅，便继续发动下一轮进攻。

因为人群聚集，原本宽敞的车厢此刻显得十分拥挤，人们抱成团蜷缩在座位上，看到两名捕鱼人经过时，纷纷向他们投去期待的目光。

诺克的步伐很沉稳，他的袖口隐约露出银灰色钢爪，黑色风衣的衣摆随着步伐起伏，那风衣下藏着金属绳索和猎刀，阿索斯在与他错身而过时看到了，那些狩猎工具都佩戴在诺克腰间，十分便捷。金属绳索是专为狩猎沙鱼锻造的，坚韧无比，猎刀的刀柄上雕刻着雄狮图腾，像是家传的武器。

与他相比，提着工具包的阿索斯简直像个门外汉。有那么一瞬间，阿索斯十分怀疑自己哪来的胆量，第一次踏入平原就妄想猎杀"鱼王"。但很快，他的疑虑被诺克的声音打消了，诺克说："你非常聪慧，能想到利用小动物引诱沙鱼。"

两人已经走到这节车厢的末端，外面狂风怒号，黄沙蔽日，但诺克的眼眸在昏暗中异常明亮。他说："但是好主意并不一定行得通，我们不能控制猫的去向，意味着它可能把沙鱼带到后面来。还有就是，菲安的恋人在她年轻时去世了，她终身未嫁，膝下无子，那些猫是她的孩子，是她的精神支柱，在她眼里，那已经不是简单的小动物了。"

阿索斯微微一震："抱歉，我不知道……"

"抱歉的话等我们摆平了沙鱼再对菲安说吧。"诺克看了一眼阿索斯提在手里的背包，又指了指车门，"我们现在要到外面去，你最好把猎具拿出来，或者放在顺手的地方。"

阿索斯也看了一眼诺克腰间特制的固定着好几样猎具的腰带，表示自己并没有那么顺手的地方，然后利落地把背包挂在了胸前："我们出去怎么做？"

诺克说："你认为呢？"

阿索斯回忆着在训练场积累的经验，说："先观察沙鱼的位置、数量、行动方式，找出领头的那一只，然后规划狩猎路线，用钢索布置陷阱。"

诺克微笑："考试要点背出来了，但实践起来很困难。"

"为什么？"阿索斯还在提问，诺克已经戴上防风镜，打开车门跳了出去。阿索斯从没经历过这样毫无规划的行动，但是来不及质疑，他的身体已经跟着跳出车厢，紧追诺克隐入黄沙之中。

"你的训练场一定设计了大大小小的沙丘。"诺克似乎早就规划好了路线，一边顶风前行，一边对他说，"因为大多数情况下，沙鱼只会出现在连绵起伏的沙丘之间，捕鱼人可以利用沙丘的间隙布置钢索陷阱。但这里不行，铁轨都铺在平坦之地，周围空旷开阔，这样的地方，难以找到隐蔽点藏身，也许陷阱还没布置好，你已经在鱼肚子里了。"

阿索斯努力在风沙中睁开眼睛，摸出包里的防风镜。诺克的声音不大，却能穿透狂风精准地落在阿索斯耳朵里，这一刻，阿索斯便意识到，诺克的声音很特殊，也许这位常年居住在平原的捕鱼人，拥有极其罕见的能力。

两人绕开轨道，摸到了鱼群后方。

第四节空车厢已经被鱼群撞击变形，歪在轨道不远处。隔着朦胧的黄沙，阿索斯看到数个闪着蓝光的球体在飞速跳动，那是沙鱼的眼睛，幽蓝似鬼火。风声夹杂着"砰砰"的撞击声，金属断裂声，有一块车板甚至在撞击下高高弹起，飞过两人头顶，发出"嗡嗡"的轰鸣，又重重砸落在沙地里。

阿索斯总算切身体会到，为何诺克评价他的方案"不切实际"。在这沙暴之中，根本无法分辨方向，就算有机会布置陷阱，恐怕也会在诱导沙鱼的过程中，反被沙鱼围剿。阿索斯伏在黄沙中，忍不住想，在这样凶险的情况下，换作父亲，会怎么做？

"你后悔来到沙海吗？"诺克突然问。

"不后悔。"阿索斯回答得很干脆，"但如果此行没遇见你，我可能会感到遗憾。"

"我也很高兴见到你。"诺克意味深长地拍了拍他的肩膀，"很高兴你能成为捕鱼人。"

诺克拿起挂在脖子里的微型罗盘，用拇指一搓凸起的玻璃面，侧脸避开风沙，说："已经被破坏的几节车厢，可以当作掩体。我们时间有限，要尽快杀死领头的沙鱼，鱼群失去首领，大概率会撤退。"

这回，阿索斯觉得自己不需要再问"该怎么办"，身经百战的诺克会在实战中教导他。面对随时可能豁出性命的险境，阿索斯的心情发生了微妙的变化。

猫奶奶说得对，既然战斗无法避免，那就上吧。在未知的命运面前，只有恐惧，才是最大的敌人。

诺克看到他坚定的神情，反倒笑了一下："当你无所畏惧的时候，胜利就在眼前。"

4

沙暴中，凶残的沙鱼还在撕扯铁皮，杂乱的巨响接连不断，仿佛死神在敲钟。十三节车厢只剩六节，列车员正组织乘客再一次后撤，又一节车厢脱钩，被当作拖延时间的诱饵抛了出去，现在，只剩五节了。

平原的居民深谙沙鱼的习性，都极力抑制恐惧。但车上还有内陆人，他们有的是商人，有的是观光客，也许从出生到现在，是第一次遇见沙鱼袭击，恐惧在所难免。

小萨拉跟随猫奶奶在列车上巡视，车厢里有人低声啜泣，有人互相安抚，也有人剧烈地发抖喘息，死死盯着窗外那些忽远忽近的蓝色光斑。

"轰隆……"响声大得仿佛就在头顶，人们低声惊叫，一个小女孩被巨响吓哭了，她的父母试图安慰，但颤抖的嗓音让小女孩更加惊恐，哭声也越来越大。小萨拉急忙跑过去，握住女孩的手，露出一排洁白的小牙齿："别怕姐姐，那是我爸爸的鱼雷！肯定有一只沙鱼被炸死了！"

猫奶奶说："没错，在沙鱼到来之前，诺克就在外面埋了几处炸药。这一声响，证明他们的猎鱼行动很顺利。"

乘客们闻言，心里稍稍宽慰，一个年轻男人说："他们应该多带些炸药，把那些恶魔统统炸回地狱！"

"没你想得那么简单。"猫奶奶摆了摆手，"沙鱼虽然思维单一，眼神不好，听觉也不好，但它们对气味很敏感。如果你沾着火药味走出这节列车，不到十米，就会被沙鱼发现。"

"而且沙鱼行踪不定，很难提前布置炸药的。"小萨拉接着说，"捕鱼人一般会用冷兵器对付沙鱼，或是制作钢索陷阱。枪支弹药会让猎人变成活靶子，在你瞄准一个的时候，会有一群沙鱼把你包围。"

说起捕鱼，小萨拉变得十分专业，令人刮目相看。猫奶奶向他投去赞赏的目光，小萨拉立刻挺直身板，洋溢出一脸"都是我爸爸教的"灿烂笑容。

女孩止住了哭泣，从口袋里掏出一个印着玫瑰花图案的圆形铁盒，递到小萨拉手里。小萨拉打开一看，里面都是亮晶晶的水果糖，看上去美味极了。

"你好聪明。"小女孩羞答答地夸道。

又轻又软的声音落在小萨拉耳朵里，这可和被爸爸或猫奶奶夸奖不一样，小萨拉飘飘然了，心口像有小蜜蜂飞过，嗡嗡的，有点痒，还落了甜甜的蜜。

"你好啊，我叫艾玛。"小女孩红着眼眶，嘴角露出浅浅的微笑。

"我叫萨拉。"小萨拉特意把"小"字去掉了，骄傲地说，"就是世纪捕鱼人'萨拉'的名字，那是我的偶像，我爸爸是沙海最棒的捕鱼人，我是他最棒的学徒！"

猫奶奶在一旁看着，正想提醒他低调一点，忽然"滴答"一声，一枚雨点落在了车窗上。那小小的水滴居然在昏天黑地的沙暴中散发出水晶般的光泽，并且始终保持贝壳般圆润的轮廓，贴在玻璃上，不曾向下滑动。

靠近车窗的乘客也看到了，惊奇地睁大了眼睛。"啪嗒！"又一片"雨贝壳"贴在了车窗上，乘客吓得缩回脑袋，紧接着"啪嗒、啪嗒、啪嗒……"响声越来越密集，每一扇车窗都被这奇怪的雨点糊满了，人们屏住呼吸，静止如雕像，只有眼珠子四处转动，传递着不安的情绪。

脚下的车板开始轻轻震颤，摔碎的玻璃杯刚被乘务员扫进簸箕，又颤抖着滚了出来。猫奶奶忽然发现，沙鱼袭击列车的声音消失了，捕鱼人战斗的声音消失了，外面只剩风在低号，和越来越大的"啪嗒"声，车窗像被冰封一般蒙上了厚厚的"水晶贝壳"，列车长一路小跑来到猫奶奶面前，哆嗦着说不出话。

小女孩悄声问："萨拉，你知道是怎么回事吗？"

小萨拉脖子里起了一层鸡皮疙瘩，声音有些干涩："我不知道，但是《萨拉传记》里写过……"

一名乘客说："我在内陆听过一个传闻，沙海降雨时，星星会从天上掉下来，风为它哀泣，鱼儿们潜入海底，鱼王在沙丘上展开双翼，呼唤沉睡的恐惧……"

天鹅湖 |

"那就是《萨拉传记》里的记载！"列车长扶着座椅，面色发青，"难道真的有鱼王？"

随着列车长的惊呼，乘客们全都躁动起来，车门忽然被撞开，一坨黑影扑进车厢，人们顿时尖叫连连。"别叫了！是我！"诺克一把扯下蒙头的黑色风衣，抖落了一地"雨贝壳"，猫奶奶俯身去拾，大白猫飞快蹿到她肩上。

"这是……鱼鳞？"猫奶奶看着巴掌大的"雨贝壳"，诧异道，"为什么会从天而降这么多鱼鳞？"

"大概是某种变异沙鱼落下的。"诺克朝身边的阿索斯递了个眼色，一边擦拭猎刀一边说，"我们用破车厢做掩体，布置陷阱，有三只沙鱼撞上钢索被切开了肚子，还有一只被炸死了，剩下的都逃了。"

阿索斯立即接腔："大家不用担心，不管是什么样的沙鱼，弱点都在腹部，来一个死一个。"

列车长颤抖着说："会是……沙鱼王吗？"

诺克一挑眉，看向自己的儿子，小萨拉立刻捂嘴摇头，表示自己什么都没说。

"那个传言又不止他一个知道，早就传到内陆了。"猫奶奶用指甲摩挲手心里透明的鱼鳞，心里微微震撼。

"不管是不是，救援队马上到了。"诺克镇定道，"大家待在车上别动，我和阿索斯会把沙鱼引开，到时……"话音未落，列车忽然剧烈震颤，像是有什么庞然大物正撕裂大地朝列车奔来，地面跟着下沉倾斜，没坐稳的乘客直接摔了跟头。

末端车厢传出撕心裂肺的尖叫，人们朝前拥来，诺克面色一凝，闪电般冲了出去，像一支离弦的箭矢直逼末节车厢。阿索斯紧追而出，亲眼看到列车末端的地面塌陷出一个直径近十米的大坑，而诺克就在最后一名乘客撤离之后，奋力扳开了列车挂钩，末节车厢直坠坑底，发出沉闷又惊人的撞击声。

仅剩的四节车厢，歪歪扭扭支在黄沙之中。车上的人们再也无法克制恐惧，抱头尖叫的，捂脸痛哭的，试图冲出列车的……恐惧彻底淹没了这片沙海，无论列车员怎样制止都是徒劳。

阿索斯拦住一对试图离开车厢的年轻情侣，大喊道："别走！沙鱼还在附近，出去就是寻死！"

情侣中男的愤怒道："列车都快没了，难道要我们在这儿等死吗？出去说不定还有希望！"

女的崩溃大哭："是啊，我还不想死……"

天降鱼鳞，地面塌陷，风声悲鸣，一切对应传言的征兆仿佛打开了潘多拉的魔盒，逼仄的车厢变成煎熬的火海，炙烤着人心百态。猫奶奶伫立在车厢中间，叹息着摇头。

诺克回到车厢，二话不说打开了消防报警器，每节车厢都装有独立的电池和消防喷淋头，在报警器的作用下，喷淋头洒下大片水花，瞬间浇灭了因恐惧带来的疯狂。人们抱成一团，面面相觑。

大家都淋着这场名为"冷静"的雨，重新把恐惧压进心底。短暂的安静，猫奶奶转过身，怀里的大白和她一样湿漉漉的。她对挤在门口想要逃离的那对情侣说："安静点吧，停下尖叫，我不知道这世上还有什么恐惧，比得过失去你身边最爱的人。"

平静的声音，仿佛从泛黄的老照片里流淌出的，带着旧日时光悲痕的歌曲，轻轻在车厢内回荡。她说："你看看，他还在你身边，你仍然有机会握住他的手，感受他的温度。至少眼前这一刻，你仍然有机会抓紧他，共渡艰难。你还有什么好怕的呢？"

大家沉默不语，却忍不住彼此相视。

阿索斯向前一步，沉着道："没错，我们都还活着，活着就有希望！我们赶走了第一批沙鱼，无论接下来面临什么，只要无所畏惧，胜利就在眼前！"

"没错！"一个皮肤黝黑的男乘客说，"我们生在平原，长在沙海，我们是这片土地的主人。我们要回家了！朋友们，回家了还怕什么！"

立刻有人附和："是啊！只要我们在，内陆的朋友就不会受伤！我们有经验，我们有胆量！"

很快，人们站在一起，平原的居民在前，把来自内陆的人们包裹着。长长的队伍，黑压压一片，列车里仿佛多了一面墙，一面厚重的，坚不可摧的墙。

就像在验证人们的决心，沙海深处忽然传出一声苍凉深邃的叫声，如同来自深海的鲸鱼。那声音仿佛有形，在人们眼前铺就了一幅波澜壮阔的画面——海浪滔天，暴雨如注，无数披着鳞甲的沙鱼跃出海面，在风中滑行，从天空的一端飞向另一端，一只庞大的白色生物从水中露出脊背，仿佛雪雾缠绕的岛屿，劈开了海面，在风中发出又一次鸣叫。

呼唔——

呼唔——

阿索斯眼前骤然一黑，列车消失了，乘客们消失了，他在一霎的惊恐后迅速意识到，那悲怆的鸣叫似乎有催眠作用！

他可以感觉到胸口还挂着硬邦邦的钢索，手里还握着诺克递给他的猎刀，但他低下头，却看见自己手无寸铁，脚下铺满了发光的鱼鳞，耳边安静得仿佛置身无人区的中心。

阿索斯试着叫了一声："诺克？猫奶奶？小萨拉？"

无人应答。

一阵不安涌上心头，令他头皮发麻。他知道，如果所有人都陷入幻觉，而沙鱼群正在逼近，那么很快，仅剩的车厢会被袭击，人们会在幻觉中被沙鱼撕碎，无处可逃。

阿索斯稳住呼吸，试着用猎刀刺伤自己，依靠疼痛摆脱幻觉。可他还没动手，脚下的鱼鳞忽然窸窣作响。他顺着声音扭过头，看见一只大白猫从黑暗里跳出来，轻巧地落在满地鱼鳞上。

　　"大白！"阿索斯又惊又喜，"猫奶奶呢？她在你身边吗？"

　　大白忽然张开嘴，像人一样发出了低低的叹息。它靠近阿索斯，在他脚下转了一圈，然后仰起头，用蓝宝石般的眼睛直勾勾盯着他。

　　"你也是幻觉的一部分吗？"阿索斯察觉古怪，抬手准备翻转猎刀，大白忽然衔住他的裤腿，喉咙里发出一连串"咕噜"声，紧接着，它竟发出了人声："捕鱼人，别那么做。"

　　阿索斯连忙后退一步，似乎撞在了什么东西上，但四周仍然空无一物。他警惕地挥手挡在面前，喝道："后退！"

　　"嘿！"白猫却笑起来，胡须反射着鱼鳞的光泽，像银丝般轻轻抖动，"在火车穿过最后一条隧道时，我跳起来提醒你们有危险，那时你可没有这么胆小。"

　　白猫的声音像个上了年纪的老头，十分沙哑，说话时还带着"咕噜咕噜"的颤音，让人听着毛骨悚然。它见阿索斯犹豫，甩了甩耳朵，转身走开："无论你信与不信，这都是最后的机会。跟我来，我带你去见这沙海的主人。"

　　阿索斯站在原地，凝神盯着它："你要抛下猫奶奶吗？"

　　白猫的身影顿住，旋即又叹息一声，侧脸面向阿索斯："我也是个胆小鬼，灾难到来时，我只愿躲在菲安的怀里。可是，她说了那些话，'我不知道这世上还有什么恐惧，比得过失去你身边最爱的人'，我爱她，许多年都不曾变过。"

　　大白说："沙海的动物都知道，要见鱼王唯一的办法，就是踩着鱼鳞走。"说罢，它迈步向前，不再回首。

5

从离开内陆以来，阿索斯的神经从未有一刻像现在这样高度紧绷。他跟着白猫离开了列车，当然，在这漆黑的世界里，他看不到除了鱼鳞和大白以外的任何东西，他感觉自己离开了列车，是因为脚掌传来陷入沙土的阻力，风卷着细沙与他的身体摩擦。

他要为自己的选择付出代价——

如果他此刻感知到的一切都是虚假的，是一场梦，那么现实中的他将和列车上的其他人一起，成为沙鱼的盘中餐。

如果真如白猫所说，这条路是见到鱼王的唯一途径，那么他将孤身一人，去揭开传说中的未解之谜。也许依旧会因此送命。

发光的鱼鳞铺成一条小路，在黑暗中蜿蜒。阿索斯依靠感觉，推测自己正在向东方移动，但他无法看见随身携带的罗盘，只能攥紧手里的猎刀，确保刀刃朝外。

"沙海已经十年没有传出鱼王的叫声了。"大白说，"上一次响起，我正在午睡，菲安在看报纸，屋外忽然下起雨，窗户被风吹开了，雨水中落下一些奇怪的东西，像星星一样闪闪发光。后来，听新闻说，有一辆抛锚的中巴车在沙海失踪了，那车上全是前来狩猎的捕鱼人。"

"那些人呢？"阿索斯问。

"消失了。"大白回答，"当沙海降雨时，星星会从天上掉下来，风为它哀泣，鱼儿们潜入海底，鱼王在沙丘上展开双翼，呼唤沉睡的恐惧，被恐惧支配的人，会在沉睡中逝去。"

阿索斯沉默了片刻，说："鱼王的叫声会让人们陷入沉睡，像我现在这样，是吗？"

"你依旧认为这是幻觉。"大白嗤笑一声，"那你还跟着我，真奇怪。"

"我怕一旦用刀刺醒自己，就看到不这条鱼鳞小路了，你说这是见到鱼王的唯一办法。"阿索斯也觉得矛盾，他不愿相信一只猫会开口讲出人话，却愿意相信这条路的存在。

大白问："你为什么想见到鱼王？"

阿索斯平静道："因为它见过我父亲，最后一面。"

"唔。"大白发出低低的"咕噜"声，随后便不再说话。

鱼鳞小路的尽头，依旧是黑暗。这条发光的小路就这样毫无征兆地消失了，阿索斯举起右手，看不见的猎刀撞上了看不见的硬物，发出"叮叮"声。

"这是哪儿？"阿索斯刚问完，就听见自己的声音被拉长放大，在头顶的空间回响。

白猫一跃而起，落在了半空，猫爪之下绽放出大片绿莹莹的光斑，如水波一般，快速向四周蔓延。眨眼工夫，东南西北，上空与脚下，齐刷刷被点亮。

这是一个巨大到超乎想象的空间，阿索斯环顾四周之后，决定称它为"洞穴"。他猜测自己应该身处一座巨型沙丘的内部，一个被某种坚硬的灰白色岩石撑起的洞穴之中，穹顶高不可攀，顶部中央有一个圆洞，透出几缕来自外界的光线，洞穴四壁布满了绿藻——这很神奇，在此之前阿索斯从未在沙漠中见过藻类。

这里地面崎岖不平，每隔几米就有凸起的狼牙形石柱，像地面生出的刺，高的能有五六米，矮的也有一米左右。白猫就落在一根石柱上，而阿索斯的猎刀正好抵着这根石柱，刚才的"叮叮"声，正是猎刀与石柱相碰的响声。

"我能看见了！"阿索斯惊讶地发现手里的猎刀，肩上斜挂的钢索，口袋里摸出的罗盘，都显出了原形。这证明刚才的一切不是幻觉，他在被催眠的情况下，依靠白猫的指引，来到了这个神奇的洞穴里！

"我们真的成功了？"阿索斯感到难以置信，"这就是鱼王藏身的地方？大白，你还知道些什么？"

"喵……"大白张开嘴，却发出了无比正常的猫叫声。在阿索斯"重拾光明"的同时，大白似乎也变回了普通的宠物猫，端坐在石柱顶端，抬起后腿挠了挠耳朵。

阿索斯还没来得及仔细确认，地底传来阵阵"隆隆"声，仿佛有什么东西要破壳而出了。他意识到情况不妙，立刻取下钢索，在石柱之间拉出锋利的陷阱，一道、两道、三道……片刻工夫，他在近百米的距离内固定好了六道钢索，一旦有沙鱼跃出地面，朝他冲来，就会被这些特制的钢索切开腹部，失去行动力。

阿索斯抱着大白，蹲在一处石柱下静待时机。地面的晃动愈发剧烈，响声也越来越大，那些石柱却无比坚挺，纹丝不动。阿索斯再次意识到不对劲，因为那些石柱太稳了，就好像和这片土地不是一体的，而是单独生长在底层更坚硬的物体上，就算掀翻脚下的土，也刨不出它们的根！

"哗——！"有东西冲出地面，土石飞溅，一只长约三米的沙鱼破土而出，朝阿索斯奔来。它的鳞片和外面的沙鱼不同，像是缺乏光照，泛着枯木般的灰褐色，鱼鳍也短小无力。就在它要碰到钢索的前一秒，忽然一个猛子，再次扎进了地底。

什么情况？阿索斯惊疑不定，他从没见过这么古怪的行动方式，单独一只，没有头领，难道那只体型弱小的沙鱼就是鱼王？怎么可能？

不等他厘清头绪，远处再度传出"隆隆"声，地面裂开数条缝隙，像被击碎的玻璃，缝隙不断扩大，一大群生着灰褐色鳞片的沙鱼奔涌而来，仿佛白色潮水，一眼望不到头！

阿索斯呆住了，他满脑子想着鱼王，竟忘记思考鱼王身边可能会有多少只沙鱼。这成百上千的数量，是他始料未及的。

捕鱼记

鱼潮如狂风席卷而来，地面支离破碎，飞起的土石如海中泡沫，喧嚣着腾起又落下，再被接踵而至的沙鱼撞击。阿索斯紧紧抱着大白，在凌乱的沙石中翻滚，那些坚韧的钢索还挂在石柱上，但它们的力量在鱼潮面前显得那么不堪一击。

"轰！"鱼潮竟和第一条沙鱼一样，奋力跃起，又纵身朝下，在碰到钢索前一头扎进地底！紧接着，阿索斯脚下冲出一条沙鱼，碎石飞旋，阿索斯反应极快地将猎刀向下横抽过去——在他预想之中，沙鱼应该会张开血盆大口，妄图一口咬住他，这横刀一挡，也许是他生命中最后一个动作，也许很快，他就会被鱼潮撕咬成碎片——但猎刀却抽击在宽厚的鱼唇上，切开一条伤口，淡蓝色的血液溅在了阿索斯脸上，这条顶向阿索斯的沙鱼并没张开嘴，而是就这么笔直、木讷地把他撞上了半空！

阿索斯脑袋一片空白，在撞击的力道下整个人都贴在了鱼嘴上，被沙鱼带着飞了起来。成百上千条沙鱼紧随其后，冲出大地，一层接一层，一层顶一层，竟在这幽密的空间内造出了一座金字塔似的奇观，将阿索斯笔直地送上穹顶。

"它们要干什么？！"阿索斯紧紧攥住嵌入鱼嘴的猎刀，扭头朝上空望去，发觉自己正被鱼潮送向穹顶中央的圆形洞口，在他的大脑做出反应之前，鱼潮从洞口喷涌而出，裹挟着他和大白，迎着璀璨夺目的日光，在空中翻滚、滑行，最后摔落在灰色的沙丘上。

阿索斯飞快爬起来，猎刀上淌下的蓝色血液滴落在沙地里，他摆出战斗的姿态四处打量，却见那些冲出圆洞的沙鱼都翻着肚皮躺在沙子里，懒散地摇晃胸鳍和尾巴，毫无攻击性。只有那条嘴巴受伤的沙鱼蜷成一团，发出"哼唧哼唧"的呻吟。

他再次愣住了，被眼前这超乎想象的一幕弄得不知所措。这些是沙鱼吗？难道是一群长得像沙鱼的新物种？它们为什么不攻击我？为什么被我砍伤也不反击？

"呼唔——"鲸啸再次响彻大地，随之而来强烈的颤动，阿索斯撑住地面，猛然察觉自己身下的"沙丘"正在移动！烈日下，这座沙丘像浮出水面的海岛，逐渐升高，而远处金色的沙海正缓缓下沉、后退，沙鱼们张开嘴巴，捕食迎面而来的风。

阿索斯低下头，看见灰色沙砾在指间流窜，被风吹开的"地表"露出深浅不一的纹，如古老石碑上的裂痕。他站起来，在风中转身，与此同时，"沙丘"两侧掀起巨大的沙暴，从滚滚沙尘中扬起鸟翼似的银色鱼鳍，最前端的鳍条足有上百米长，撑开的鳍褶如半透明的蜻蜓翅膀，在日光下反射出如梦如幻的银色、金色、蓝色、紫色……恐怕世上最美的霞光，也会在这对鱼鳍面前黯然失色。

即使阿索斯再不愿相信，他也无法阻止真相占据脑海——这座移动的"沙丘"，就是他试图寻找的鱼王！刚才那处隐秘而瑰丽的"洞穴"，只是鱼王腹中的一隅，而他脚下，是鱼王坚硬的脊背，被沙漠之风洗去了碎屑，泛着水晶光泽的鱼鳞渐渐显出原貌，它们片片交叠，满是伤痕。

能在这庞然大物身上留下伤痕的，会是什么？阿索斯俯身触碰脚下的鱼鳞，那些伤痕比他的手掌更加宽阔，他的猎刀像一根绵薄的针，刀尖在风中低吟。

"呼唔——"这一次，清晰的叫声环绕在阿索斯耳边，在那长长的尾音消逝时，阿索斯眼前一黑，如同在列车上那样，他再度被叫声催眠，不同的是，这次不是一望无际的黑暗，而是令人惊艳的奇景。

沙暴像云雾消散，沙砾如金粉从头顶飘落，沙海连绵，星光闪烁，阿索斯随着鱼王在沙海沉浮。大白攀上他的肩头，双耳直立，昂首挺胸，雪白的毛发飘扬，像一只圆滚滚的小狮子。温驯的沙鱼们仍旧卧在原处，蓝宝石般的眼睛泫然欲泣。

"你想向我传递什么？"阿索斯目视前方，低声自语。

是的，从第一声鸣叫响起，大白开口说话，到发光的小路，毫无攻击性的沙鱼……阿索斯相信，这一切都是鱼王的指引，它必定是想向他诉说什么。但是想到父亲的死，列车遭遇袭击，阿索斯始终紧握手里的刀，没有片刻放松。

鱼王带着他飞上天际，在云海中盘旋，展开的双翼流光溢彩，身体却渐渐变得透明、透明、再透明，最后只剩下浅淡的轮廓，宛如光影的交线，在空中轻柔游动。阿索斯不禁屏住了呼吸，他居然透过鱼王的身体看见了大地，看见了暗流涌动的沙海，好似自己在凭空飞翔！

"最初，我们只捕食风和光。"低沉空灵的声音在沙海回荡，像一口沉寂的古钟被敲响。随后，成群结队的沙鱼从地面冒出头来，翻腾跳跃，幻夜中破开一缕曙光，旭日初升，沙鱼们在风中张大嘴巴，尽情吞咽晨风和朝晖，在沙海中畅游。

鱼王开口了，阿索斯的神经随之一紧。他感到那声音居然和诺克有几分相似，低沉和蔼，却拥有穿透狂风的力量。

鱼王说："沙海因我们的存在，维系着持久的平衡。我们捕食风，沙暴因此减少；我们捕食光，白昼因此缩短。我们的游动制造了流沙，人类因此对沙海敬而远之。"

阿索斯眺望金色的沙海，逐渐放慢了呼吸，直到鱼王载着他游到沙海边缘，那是浅红色的戈壁滩，就像他在开往平原的列车上见到的，碎石像贝壳一样铺满了地面，植被稀少，土地坚硬，即便是沙鱼也不愿光顾。

再往前，戈壁滩的另一端，立着数以万计的干枯树桩，放眼望去，如同一座枯寂的坟场。

"人类大量砍伐树木，导致风沙剧增，沙海面积扩大，我们的活动范围也变大了，而一只误闯人类领地的沙鱼，成为这个悲剧的导火索……"

烈日行至高空，炙烤着戈壁滩上最后的草木，一只掉队的沙鱼跌跌撞撞游向人类的工厂，尖叫声、枪声，一片混乱之后，人类死伤惨重，终于击杀了这前所未见的可怕怪物。但渗入土地的血腥味，引来了沙鱼家族的复仇。

"仇怨就此结下，愈演愈烈。"鱼王叹息道，"沙鱼族群因此一分为二，由我带领的沙鱼，依旧栖息在沙海深处，远离人类；但另一群沙鱼主张向人类复仇，不断在沙海边缘试探，随着沙漠化加剧，入侵人类的家园。"

阿索斯定定望着被血染红的工厂，风沙四起，犹如硝烟。他一时难以接受——二十五年来，他所学所知，皆是沙鱼的冷血和凶残，持续几个世纪，人类遭受袭击，平原被搅得天翻地覆，发展停滞不前，内陆也深受困扰。却不知，这段历史的源头，竟是人类自食其果。

"为了避免战争继续发酵，我引导了闯入沙海的人类萨拉，告知他事情的真相，并派出沙鱼护送他安全离开。"鱼王摆动双翼，重新游回沙海，贴近地面，绕着一个沙丘打转。

沙丘上，一个长着络腮胡子的男人手握罗盘，身后跟着大大小小上百条沙鱼。那就是萨拉，被称为"世纪捕鱼人"的萨拉，人们传颂他的美名，为后世留下传记，那里面描绘了他的英勇果敢，描绘了沙鱼的凶残可怕，却没有任何文字提到事情的真相。

"可我派出的沙鱼，再也没有回来。"鱼王说，"追随我的沙鱼越来越少，它们终日躲在我体内，只有在确认安全时，才会出来晒晒太阳。它们的血液在枯竭，体型越发瘦弱，皮肤也变得苍白不堪。"

阿索斯回首，目光扫过那些躺在鱼王背上的沙鱼，它们的眼睛在日光下闪闪发亮。鱼王继续道："人类与沙鱼之间脆弱的平衡已被打破，我再也无法控制捕食人类的沙鱼，它们背叛了生存规律，一错再错，终将给这个世界带来恶果！"

鱼王的声音染上了悲怆和愤怒，它掠过沙海，日光穿越它几乎透明的身体，在地面投下淡淡的影子。

"我也曾怨恨过人类。"鱼王说，"可是你父亲的出现，让我知道还有希望。"

阿索斯浑身一震，心脏剧烈跳动起来。人们说，他的父亲败给了恐惧，败给了"鱼王"，最终葬身沙海。可他不甘心，他带着一半仇恨一半疑惑，踏上了开往平原的列车，他以为自己将迎来一场恶战，而不是此时此刻，坐在"仇人"背上，倾听来自古老灵魂的诉说，以此颠覆自己的认知。

鱼王降落在沙丘上，半透明的身躯埋入沙海。阿索斯向前一步，跨上了沙丘，脚下随之腾起一阵沙尘，数个人影出现在尘幕之中，是一群带着武器的捕鱼人，他们风尘仆仆，面色蜡黄，似乎经历了什么磨难，此刻却在推搡谩骂，围攻一个衣衫褴褛的男人。

"父亲！"阿索斯忽然看到一张熟悉的面孔，那个衣衫褴褛、生着一双碧色眼睛的男人，正是他的父亲！

阿索斯迫不及待地扑过去，试图阻止正在围攻父亲的捕鱼人，可是挥手却打散了沙尘，只抓住一把细小的沙粒。父亲的脸在他面前晃了晃，紧接着被其他人按倒，双手捆上绳索。

阿索斯听到那群人说，父亲放走了他们辛苦捕获的沙鱼，尽管那些沙鱼呆头呆脑、体格瘦小，但每一只都能换取不少赏金，让他们余生不愁！阿索斯立刻意识到，这群捕鱼人和萨拉一样，在沙海深处遇见了鱼王，得知了真相，却企图将那些护送他们的沙鱼宰了换钱，途中遭父亲阻止，气急败坏。

阿索斯看到被按倒在地的父亲，怒吼一声，再次挥舞猎刀冲过去，可这一回，没等他划开尘幕，父亲和其他人忽然被流沙卷住，沙海翻涌着，一大批黑色沙鱼疯狂而至，瞬间便将那群捕鱼人吞没！

父亲双手被缚，无法动弹，流沙淹没至他的脖子，阿索斯咆哮着冲上去，黑色沙鱼从他背后跃起，蜂拥而下，锋利的鱼鳍与阿索斯擦肩而过，闪着血光的牙齿切割着气流。阿索斯如同一道闪电，冲到父亲面前，一个回旋，猎刀甩出弧形的冷光，轰然击碎了那些黑色沙鱼，尘埃漫天，一切化为泡影。

阿索斯大口大口喘着气，猛地回身，却发现父亲的影子也消散不见了。他只觉得脑袋嗡嗡作响，浑身无力，猎刀掉落在黄沙中，他跌坐在地，风沙吹进他嘴里，全是难忍的苦涩。

杀死父亲的不是鱼王，不是沙鱼，而是人类的贪婪。

是人类的贪婪点燃了这场战火，又两度在贪婪之中错失挽回的希望，身为沙海的鱼王，它也许早已对人类失去信心了。阿索斯闭上眼睛，身体在烈日下微微发抖。

捕鱼人，与其说是捕鱼，不如说是在给人类自己织网，一张走向灭亡的网。沙漠不断扩大，战争没有尽头，除非彻底唤醒人类，重建绿地，找回失落的平衡。

"看来，你已经知道了捕鱼的真正含义了。"鱼王从沙丘中抬起头，身体逐渐显形，"我的感觉没错，你是那个人的儿子，善良也会被继承。我选择相信人类，最后一次。"

阿索斯抬起头，第一次看清了鱼王的全貌。那如山峰般伟岸的身躯，水晶鱼鳞覆盖其上，它没有眼睛，鱼鳃也遍布伤疤，两侧鱼鳍平展地铺向沙丘底部，在这对鱼鳍下方，垂落着一对稍小的鱼鳍，可是鳍条已经断裂，本该发亮的表面残破不堪，像是被野兽撕咬，又像是到了垂暮之年，渐渐腐朽的结果。

"我知道该怎么做了。"阿索斯说。

鱼王发出沉重的叹息，它身上的鳞片在叹息中碎裂、剥落、飞散成雪花般的结晶。

沙海下雨了，阿索斯接住从天而降的雨点，它们圆润透亮，像一个个小贝壳，折射出来自远古的光。

6

救援队的到来，让列车上所有人欢呼起来。

乘客们在听到第一声鲸啸后都看见了幻觉，又在随后两声中出现短暂的眩晕和失明，好在诺克最先破除幻觉，恢复清醒，又用他极具穿透力的嗓音唤醒众人。

紧接着，他们发现阿索斯和大白失踪了，列车外刮起惊天动地的沙暴，白天骤然变成夜晚，黑得伸手不见五指，直到救援车队的鸣笛声响起，沙暴像是被驱散的阴霾，四处逃窜。

沙鱼再没有靠近列车，阳光照耀下的沙海平静无波。

乘客们开始转移，诺克四处巡视，高声呼喊阿索斯，可是荒芜的沙海始终没能传来回音。就在众人忍不住猜测那位年轻的捕鱼人已经遇险时，小萨拉冲下救援车，指着远方沙丘上的小黑点欢呼："那是阿索斯哥哥！是他！我看见他头上盘着一只大白！"

诺克急忙登上列车顶部，眯眼眺望，直到那晃动的小黑点逐渐显出人的轮廓，他才放下遮阳的手，咧嘴哈哈大笑。

阿索斯回来了，独自一人从沙海深处走出，头顶盘着老当益壮的大白，受到人们的热烈欢迎。大白率先跳下来，直扑猫奶奶的怀抱，小萨拉牵着女孩艾玛跑上前，围着阿索斯转圈。

"你去哪儿了？"诺克走到他面前，尽量让自己语气严肃。

阿索斯与他击掌拥抱，笑着说："我见到鱼王了。"

话音刚落，人们笑成一片。大家全当这是个笑话，只有诺克定睛望着他，一脸认真地说："那你可得写本书，向后人传述一下你的奇遇，书名就叫'阿索斯传记'吧，我买第一本，要签名的。"

阿索斯摇头道："连你也不信我？"

"看着我的眼睛，"诺克再次认真说，"我像在开玩笑吗？"

两人对视片刻，同时大笑起来。小萨拉抱住阿索斯的手臂，高声说："还有我，别忘了给我一本！我会成为本世纪最棒的捕鱼人，和阿索斯哥哥一样，和萨拉一样！"

阿索斯闻言，抽出手臂摸了摸小萨拉的脑袋，俯身望着他："不，你会成为不一样的萨拉，正直而伟大的萨拉。"

"都快上车吧！我们先回平原小镇！"救援队的人提醒道，"大家带好行李，把座位让给老人和妇女，我们会选择最安全的路线，大约两小时就能到站！"

人们陆续上车，小萨拉也带着艾玛跑开了。阿索斯从列车上取下行李，诺克还站在原地等他。

"阿索斯。"诺克说，"很高兴你能成为捕鱼人。"

阿索斯微微点头："只是，'捕鱼'的真正方法，需要我们重新定义。"

"我相信你所说的。"诺克揽上他的肩膀，目光中洋溢着自豪，"就像我相信终有一天，会在沙海遇见你！"

十年前，年轻的诺克曾被一位有着丰厚经验的捕鱼人教导，那个人拥有一双睿智的碧绿色眼睛，神态平和而坚定。

那年，诺克目送捕鱼人的队伍登上一辆开往沙海狩猎的中巴车，临行前，男人对诺克说："我有个心愿，孩子，如果你遇见一个名叫阿索斯的男孩，他拥有一双善良的绿色眼睛，请告诉他，我从沙海来，也将往沙海去，我不悔这一生，唯一的遗憾是没有及时告诉他，让他忘记那些关于危险的诉说，去大胆地尝试吧！这世上没有无法战胜的鱼王，只有将人压垮的恐惧！谢谢你，年轻人。"

十年后，阿索斯来了。

当诺克发现他已然成为一名捕鱼人，再多的话语无需言说，他们携手击退沙鱼，共渡艰难，阿索斯坚定无畏的眼神已是最好的回答。

"诺克，你成为捕鱼人的初心是什么？"阿索斯最后一个登上救援车，车队鸣笛启程。

诺克站在他身边，放眼沙海，声音微沉："守护人类，守护家园。"

"我会和你一样，坚守捕鱼的初心。也会和父亲一样，倾听沙海的历史。"荒芜的沙海倒映在阿索斯眼中，被那碧色瞳仁染作绿潮，绵延不绝。

"故事结束了。"

公园里，杰克站起身，围了一圈的小听众意犹未尽，纷纷丢掉手里早已浸了汗水的面包渣，紧紧抓住杰克的衣袖，央求他再讲一个。

鸽子们熬不住了，鼓足勇气冲上前争夺食物，杰克轻轻一瞥，那些刚张开翅膀准备展开夺食大战的飞禽立刻夹着尾巴往回撤。

"不讲了不讲了，我太太来啦。"杰克摆摆手，指向远处林荫小道上正缓步走来的优雅老太太。

孩子们转移视线，发现那位老太太也穿着黑色的西装裙，戴着蓝宝石胸花，和杰克的领针似乎是一对。

为了打发这些黏人的小听众，杰克从口袋里摸出一个圆形铁盒，掉漆的盒面显得十分斑驳，但盒子里包装精致、五颜六色的水果软糖让孩子们喜出望外，一人分一个，心满意足，连连朝杰克道谢。

老太太停在一棵高大的榆树下，朝杰克招手，杰克立即整了整衣襟，对孩子们说："好了，改天再见吧，艾玛在叫我了。"

"艾玛？"一个孩子惊讶道，"是列车上的艾玛吗？"

"怎么可能，世界上没有沙鱼！"另一个孩子果断道。

"今天是他们的结婚纪念日吗？"又一个孩子问。

"那杰克该穿得鲜艳点，现在这样有点死板。"

孩子们一边吃糖，一边望着杰克离开的背影，叽叽喳喳地议论。鸽子们找到机会，飞奔而来，鸟头一起一伏，翅膀一张一合，纷纷沉醉在带着手汗味的面包渣里。

杰克走到老太太身边，伸出手，艾玛微微一笑，把手放进了杰克的手心。两人走入树荫之下，清爽的晨风拂过杰克花白的发梢，艾玛低笑道："今天不戴棒球帽了，那可是阿索斯送给你的生日礼物，总是和你形影不离。"

杰克肩上晃过一缕阳光，和他的笑容一样温暖："我提前把它放进墓园了，它今天只能装载思念，不能装零钱。"

"有道理。"艾玛说，"你的思念远比零花钱重要。"

"你又拿我打趣！"杰克满眼的无奈和宠溺。

远处，高低连绵的树冠在风中起伏，仿佛无边无际的绿色海洋。飞鸟在林间嬉戏，红头灰雀踩弯了嫩绿的枝丫，挂在枝头的晨露向下坠去，"啪嗒"一声，敲击在树脚下灰色的小石头上。石头抖了一抖，竟原地伸出一对鳍，挣扎着跳了起来，逃命似的往山谷奔去。

人迹罕至的翠绿山谷中，风声响起，草木微颤，群山静立，跑到山脚的"小石头"听见风声，倏地缩起鱼鳍，继续装死。大山深处闪过几抹幽蓝的光，像是某种沉睡的生物睁开眼睛，四下瞧瞧，再缓缓闭上。

陆地上，再无人见过那些与沙暴为伍的古老生灵，却多了无数承载生命的崇山峻岭。

它们在风吹日晒下更加生机蓬勃，如同沉睡的巨鲸，用自己的生命滋养万物，记录时光的打磨。只有群山深处，偶尔响起如鲸啸一般的风声，似在诉说来自远古沙海的传奇。

（发表于《伊犁河》2021 年第 6 期）

图书在版编目（CIP）数据

天鹅湖 / 唐嘉璐著. -- 北京：作家出版社，2023.5

（21世纪文学之星丛书·2021年卷）

ISBN 978 - 7 - 5212 - 2212 - 8

Ⅰ.①天…　Ⅱ.①唐…　Ⅲ.①中篇小说 – 小说集 – 中国 – 当代　②短篇小说 – 小说集 – 中国 – 当代　Ⅳ.①I247.7

中国国家版本馆 CIP 数据核字（2023）第 041521 号

天鹅湖

作　　者：唐嘉璐
责任编辑：李亚梓
特约编辑：赵　蓉
摄　　影：闫振霖
装帧设计：守义盛创·段领君
出版发行：作家出版社有限公司
社　　址：北京农展馆南里 10 号　　　邮　　编：100125
电话传真：86 – 10 – 65067186（发行中心及邮购部）
　　　　　86 – 10 – 65004079（总编室）
E – mail: zuojia@zuojia. net. cn
http: // www.ZUOJIACHUBANSHE.COM
印　　刷：唐山玺诚印务有限公司
成品尺寸：142 × 210
字　　数：165 千
印　　张：7
版　　次：2023 年 5 月第 1 版
印　　次：2023 年 5 月第 1 次印刷
ISBN　978 – 7 – 5212 – 2212 – 8
定　　价：46.00 元